SHANGHAI LITERATURE & ART PUBLISHING GROUP

故事会
精品系列

心灵故事

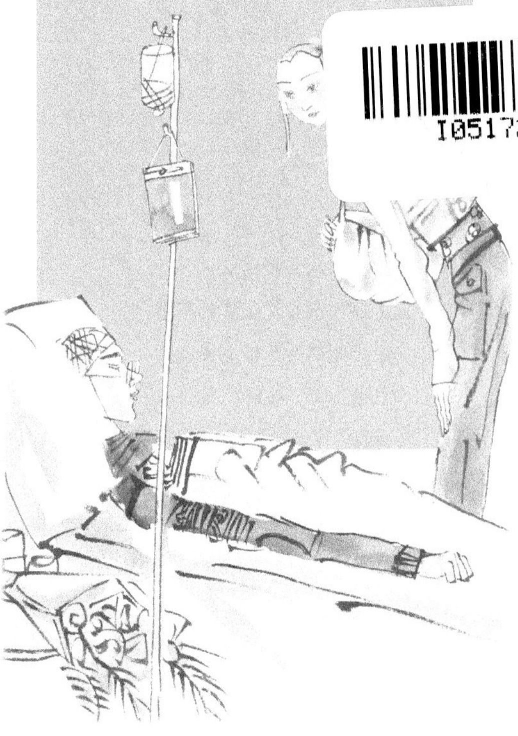

上 海 锦 绣 文 章 出 版 社
上海故事会文化传媒有限公司

上海文艺出版（集团）有限公司

图书在版编目（CIP）数据

心灵故事 《故事会》编辑部编 - 上海：上海锦绣文章出版社
（故事会精品系列） ISBN 978-7-5452-0657-9

Ⅰ．①心… Ⅱ．①故… Ⅲ．①故事 作品集 中国 当代 Ⅳ．I247.8

中国版本图书馆 CIP 数据核字 (2010) 第 091581 号

丛 书 名：故事会精品系列

书　　 名：心灵故事

主 　 编：何承伟

编 　 委：何承伟　 吴　伦　 姚自豪　 夏一鸣

责任编辑：刘迎曦　 鲍　 放

装帧设计：王　 伟

责任督印：张　 凯

出 　　　 版：　上海锦绣文章出版社

　　　　　　　上海故事会文化传媒有限公司

POD 海外发行：　中国图书进出口上海公司

　　　　　　　电话：021-36357888

　　　　　　　传真：021-36357896

　　　　　　　地址：上海市虹口区广中路 88 号

　　　　　　　邮编：200083

海外 POD 发行版本

上海故事会文化传媒有限公司 出品 (00246) 　www.storychina.cn

STORIES

目　　录

为善最乐

冰心一片

心 念 祸 福

俗语里有"福祸无不自求之"这么一说。一念清净,一心赤诚,是福是祸,至少问心无愧吧。

回到马兰峪

这件事说起来有些年头了。

王家民的老家在河北一个叫"王家村"的地方,抗日战争时候,有一天,鬼子突然把王家村包围了,把村里的男女老少统统赶到山坳坳里,架起十几挺机枪,黑洞洞的枪口全对着手无寸铁的村民。只见一个鬼子军官抽出雪亮的指挥刀大喝一声,于是鬼子们手中的枪就立刻开了火,"乒乒乓乓"枪声响成一片。

鬼子这是要把全村人斩尽杀绝呀!

乡亲们中就有人高喊:"咱们跟鬼子拼了!"青壮年带头往外冲,王家民那时才二十来岁,自然跟着跑。可是,乡亲们的血肉之躯如何拼得过鬼子的枪弹?在魔鬼的火网下,全村几百号人顷刻间都倒在了血泊之中……

王家民当时身中数枪，但幸好没有伤到要害地方，神志还很清楚，而且因为好几个乡亲倒在他身上，所以当枪声停了之后，鬼子们到处翻动尸体，寻找没死的人补枪时，王家民竟然没有被他们发现。

这些禽兽用刺刀刺杀妇女和小孩，他们手里的刺刀和脚上的皮靴一直在王家民眼前晃来晃去，好几次都走到王家民身边来了，王家民用牙死死咬着嘴唇，不让自己发出声音来。他躺在那里一动不动，大气也不敢出一口，鬼子兵闹腾了一阵，最后总算走了。

因为惊吓，再加上饥寒交迫，王家民昏昏沉沉地迷糊过去了。也不知过了多少时候，醒来一看，天已经全黑了，看天上的星星，王家民估摸着该是后半夜二三点钟的样子，他想爬起来，正在这时，忽然一阵阴冷的风吹来，风中夹着隐隐的说话声，好像突然来了好多人，王家民吓得赶紧闭上眼睛，不敢动弹。

只听到有个声音在喊："集合啦，集合啦，一起走啊，找鬼子算账去！"又听见有人在点名："王二虎，王老七，王刘氏，王三丫，刘阿贵……"这些叫到名的，都是王家民村里的乡亲们。

叫着叫着，就叫到王家民的名字了："王家民，王家民……"

王家民不知道是怎么回事，正不知所措，忽然有个声音说："别叫了，他好像还没到时候，地方也不对，他应该是在马兰峪，别等他了，走吧走吧……"

王家民多么想跟他们一起走啊，可这时候他浑身没一点力气，只觉得眼前一阵阵发黑。

离王家村二十多里有个田家村，村里一户姓田的农家，当家的前些年病死了，剩下他女人带着一儿一女，儿子叫栓柱，十七岁，女儿叫妮子，十六岁。栓柱这天早上到山上砍柴，发现草丛里趴着个小伙子，衣服破烂，浑身是血，摸摸鼻子还有些气，就把他背下山来。这个小伙子，就是王家民！

　　从此，王家民就在田家住了下来，慢慢地养好了伤。王家民认田大娘做妈，叫栓柱为哥，称妮子为妹。每天，他和栓柱一起上山砍柴，下地干活，妮子就给他们送水送饭。后来，王家民和妮子成了亲，虽说日子苦，但总算是有了一个家，而且一年后，他们还有了一个活泼可爱的儿子，取名东阳。

　　日子虽说渐渐平静了下来，可王家民总忘不了那个血雨腥风的恐怖夜晚：十几挺机枪吐出的火舌，小山一般的乡亲们的尸体，还有惨惨阴风中的点名，和那句王家民直到现在都没有弄明白是什么意思的话："他应该是在马兰峪……"

　　马兰峪在哪里？王家民从来没听说过这个地方呀！

　　过了几年，鬼子投降了，可国民党又来了，老百姓还是喘不过气来。

　　这天夜里，村子里的狗突然叫起来，王家民一骨碌从被窝里跳出来，对妮子说："狗叫得这么凶，一定是出什么事了！"

　　正说着，小屋的门被砸开了，一群国民党的兵冲进来，二话没说就把王家民抓走了。

　　这一夜，村里几乎所有男人都被抓了壮丁，国民党在前方吃了败仗，他们急需补充兵员。栓柱睡在另一个屋，听到动静后跑得快，总算没被一起抓走。

　　王家民被抓走后，田大娘朝思暮想，加上身子骨本来就不大好，没多久生了一场大病，死了。栓柱为了照顾妹妹和小外甥东阳，一直没有成家，兄妹俩苦苦支撑着，终于熬到了解放。

　　解放后，日子好过多了，东阳渐渐长大，从学校毕业后就在县上工作，栓柱和妮子此时都已步入老年，不过身体还好，还都能干些农活，一家三口有吃有穿，日子安定，一晃过去了几十年……

　　这一天，栓柱老汉从承包的果树园回来，刚进家门，就见东阳喜气洋洋地迎上来，手里还拿着封信："舅，我爹来信啦，他在台湾,要回来探亲!"

栓柱老汉听到这个天大的喜讯,顿时就惊呆了。自从那天夜里王家民被抓了壮丁之后,这几十年来一点音讯也没有哇,栓柱老汉急着问东阳:"你爹他……他还活着? 他什么时候回来?"

东阳喜滋滋地说:"我爹在信上说,他下个月和他们国民党老兵回乡探亲团一起回来……"

"快,快,你快给他写封信,就说我和妮子,还有你,全盼着他快回来呀!"

妮子听到这消息一句话都说不出来,只是哭。

从这天开始,一家人就张罗着打扫屋子,准备猪羊鸡鸭和各种山货水果,他们要好好接待王家民这个从远方归来的亲人。

过了一个月,这天傍晚,栓柱老汉听到门外响起了汽车声,接着就看到东阳急匆匆地走进门来,栓柱老汉惊喜地问:"你爹回来了?"

东阳摇摇头,说:"县上来消息,说我爹他们已经到了,先在北京参观,然后就分头到各自家乡探亲。可他们到了清东陵那地方,我爹却突然病倒了,被送进当地一家医院。他托人带信来,让我们去那里见面。"

栓柱老汉一听,急得团团转;妮子知道后,差一点晕过去。于是三个人赶紧打点上路,直奔清东陵。

这情景真是急如星火,一家人赶到清东陵的时候,已经是半夜了。到了医院,值班医生说:"那个台湾老人一直在等你们呀,劝他休息,他怎么也不肯。来,我带你们去。"

医生带他们三人来到病房,一进门,只见床上躺着一位白发苍苍的老人,栓柱老汉一步奔过去,颤抖着伸出双手:"你……你是家民老弟?"

床上的老人也挣扎着伸出手来:"你……你是栓柱老哥?"

栓柱老汉顿时涕泪横流:"家民老弟呀,可把你盼回来了!

来来来,这是你媳妇妮子,这是你儿子东阳……"

妮子和东阳泪水涟涟地扑了上去,一家三口抱作一团。

分别几十年了,真是千言万语不知从何说起,四个人聊啊聊,一直聊到了清晨。

这时,只听见窗外"哗哗哗"地下起了雨,又刮起了风,那风好大,"呜呜呜"地响着,就像几百号人在哭。

突然,天上电光闪闪,"噼啪"一声炸雷,连病房的窗子都被震得"啪啪"作响。病床上的王家民猛地打了个冷战,冷不丁往窗前一扑。

东阳急忙上前把他扶住,喊着:"爹,爹,你怎么啦?"

王家民转过身来,眼睛直直地盯着妮子,微微一笑,说:"妮子啊,我……我在那边一直是一个人过的呀……"说着,他又望望儿子东阳和栓柱老汉,喃喃道,"出门几十年了,总算回家了,我……我该走了……"

王家民就这么真的去了,如同熟睡一般,享年七十二岁。

谁都没有想到,这清东陵,就在马兰峪。

（杨立伟）

（题图:箭　中）

书包里的秘密

前前上小学五年级的时候,他爸爸当上了房地产开发公司的总经理。从那以后,三天两头地就不断有人提着礼物来他家找他爸爸办事,前前家的生活水平一下子提高了,无论是吃的、穿的还是玩的,前前在同学们中间都是最好的,前前很为自己有这样一个爸爸而自豪。

然而,就在前前升入初中以后不久,社会上反腐呼声一浪高过一浪,好几位厂长、经理都因收受贿赂被抓起来,前前家的气氛也明显紧张起来。会不会来把爸爸也抓起来呢?前前妈妈和前前都十分担心,可是爸爸总安慰他们说:"你们放心,我不会出啥事情的。"

然而,事情终于还是发生了!

这天晚上，爸爸回家后一声不响，闷闷不乐地坐在沙发上抽烟，前前把爸爸拉到书桌旁，指着自己的公园写生作业问道："爸爸，你啥时领我去逛公园呢，就像这画上画的一样？"

谁知爸爸一把就把画推开了，苦笑着对前前说："爸爸现在哪有心思领你去逛公园呢？"

正在这时，门铃响了，妈妈迟疑着起身去开门，又立刻慌里慌张地回进来，结结巴巴地对爸爸说："是检……检察院的人！"

爸爸猛一愣，赶忙背对着妈妈，将自己口袋里一个红本子掏出来，迅速塞进前前的书包，附在他耳畔悄声嘱咐道："替我保管好！"

前前尽管吓得心里"怦怦"跳，不过他对爸爸的举动心领神会，立刻将装着爸爸红本子的书包合上了盖。

这时候，几个戴大盖帽的人进来了，为首的一个冷冷地对爸爸说："有人举报你贪污受贿，请跟我们到检察院去一趟。"

爸爸就这样跟着他走了。

留下的几个向妈妈出示了搜查证之后，便开始在屋里翻查起来。其中有一个掂起前前的书包，前前吓得差点儿尖叫起来，幸好他只是把书包挪了个地方，其实是要翻找其他东西，前前心中的石头这才落了地。

翻查了好一会儿，最后他们走了，妈妈也跟着出去了，偌大的院子里，就只剩下了前前一个人。前前害怕极了，把所有的门窗都关上，然后就掏出书包里爸爸的那个红本子看。这一看他不由惊呆了，原来红本子上面一页一页记的，都是爸爸平时收受的重礼。前前暗自庆幸：要是这红本子刚才被检察院的人搜去，那爸爸就麻烦啦！他决定要好好替爸爸保管起来，于是就去找来几张旧报纸，小心翼翼地把红本子包好，塞进了书包的夹层里。

第二天，前前一个人拎着书包去上学，只觉得书包的分量特别沉。一路上,他听到人们都在议论爸爸被抓的消息,心里真是又紧张又害怕,低着头,捂紧书包赶快走,唯恐别人认出自己。

走进教室,前前发现同学们都用异样的眼光看着他,他立刻一缩脖子,轻手轻脚走到自己座位上。

他的同桌李小五猛扯他的书包说:"快上课了,你还不赶快把书包放下?"

前前以为李小五要翻他的书包,急得朝他嚷了一声:"不许你动我的东西!"

谁知李小五竟呵斥起前前来:"你还神气什么?你爸爸都被抓起来了!"

这下前前沉不住气了,拔出拳头就朝李小五身上捅。

"打架啦,打架啦!"同学们大声嚷嚷起来。

班主任黄老师赶来了,赶紧把前前和李小五拉开,这时候,李小五已经被前前打成了大花脸,额角上还肿起一个包。黄老师让几个同学一起把李小五送到学校医疗室去包扎,然后把前前叫了办公室。

黄老师向前前问清了事情的原委,严肃地批评前前说:"前前同学,检察院找你爸爸谈话是很正常的,你不要有任何压力。李小五这么说话是他的错,可你动手打人也不对呀!"

前前辩解道:"他说我爸爸,我就该打他!"

黄老师见前前这个态度,狠狠把他训了一顿,然后就耐心地给他讲道理,终于让他认识到了自己的错误。黄老师语重心长地对前前说:"马有失蹄,人有闪足,谁都会犯错误。犯错误并不可怕,只要改正了就是个好学生……"

黄老师这番话,让前前不觉心里一动:"黄老师,您说犯了错误改正了就是好学生,那……那大人呢?"

"大人也一样,犯了错误只要改正了,仍然是个好人嘛!"黄老师说到这里,微微一笑。

"真的?"听黄老师说得这么肯定,前前心里竟长长地舒了一口气——他知道,自己接下去该怎么做了。

这天放学后,前前回到家里已经很晚了,妈妈追问前前在干什么,前前说是替爸爸想办法去了。"唉!"妈妈听了重重地叹了一口气,说,"你一个小孩子,能想出啥办法来?你爸爸这次犯的事儿大了!"

谁知前前却得意地对妈妈说:"妈妈,你不要着急,爸爸过几天就会回来的!"

就从这一刻起,前前每天都掰着手指头等爸爸回来,可是时间一天天过去了,他一直没有等到爸爸回家,却意外等来了爸爸因受贿罪被判刑五年的消息。有关部门通知妈妈,可以带前前去监狱探望。

天哪,这是怎么回事啊?前前只觉得天旋地转……

几个月没见,前前只觉得爸爸似乎苍老了许多,他只抬头看了一眼爸爸,就吓得把头耷拉了下去。

"好儿子,把头抬起来,让爸爸看看!"爸爸在叫前前。

可是,前前却不敢抬头。

这时候,爸爸弯下腰来,两只手轻轻地抚着前前的脑袋,前前再也控制不住了,猛地扑倒在爸爸怀里,"哇"地一声哭起来:"爸爸,都怪我害了你,我把那个红本子……"

"不,好儿子,你做得对!"爸爸没容前前说下去,紧紧地抱住他,替他擦去脸上的泪水。可是此刻,爸爸自己却泪如泉涌,"好儿子,是你救了爸爸啊!"

爸爸一语惊人,前前和妈妈都愣住了。

这是怎么回事呢?爸爸哽咽着说:"那天晚上,我把红本子藏在前前书包里,以为这样一来检察院就抓不到我受贿的证据了。其实,这不过是我自己心怀侥幸罢了,检察院早掌握了我的确凿证据,我伸手被捉是早晚的事。我糊涂啊,一开始拒绝承认,是咱儿子唤醒了我的良知,使我认识到只有坦白交待才是唯一出路,才能真正挽救自己。"爸爸说着,从内衣口袋里掏出一张纸条给妈妈看,"咱儿子不仅把红本子寄给检察院,还替我写了一份检讨:'马有失蹄,人有闪足,我犯了错误,我会改正的,放我回家吧,我会做个好人的……'"

爸爸念到这里再也念不下去了,泪水打湿了纸条,爸爸妈妈抱头痛哭。

前前拉着爸爸的手问:"爸爸,你都承认错了,为什么还不能回家呢?"

"傻孩子,"爸爸对前前说,"爸爸犯的错太严重了,必须接受劳动改造。儿子,请你相信爸爸,爸爸一定会在这里好好劳动,好好改造,争取早日回家!"

(王永前)

(题图:黄全昌)

一路回家

强生贷款买了辆双层卧铺客运车跑客运,他有个战友叫大力,有点武术底子,又有大车执照,强生便请他来做自己的副驾驶兼保镖,强生的父亲则跑来为儿子当售票员。

没多久,就到了年底,大批民工要返乡过年,客运生意非常红火。强生这辆双层卧铺车在车站排上了队,轮到发车时,那些回乡的民工都喜滋滋地往他新车上跑。

可奇怪的是,有个一只手戴着手套的民工却不急着上车占位,而是站在车门边,打量着一个个上车的女乘客,嘴里还不住地问:"你是兴隆的吗?你是兴隆的吗?"

于是,就有人朝他打趣道:"怎么?找女朋友约会啊?"

这时候,一个正在车站上维持秩序的民警走过来,拍拍他的肩膀,热情地说:"兄弟,你已经在这儿找了七八天了,还是快回家去吧! 放心,你走了,我会为你留意的。"

民工听民警这么劝,这才最后一个上了车。

这时候,强生和大力已经为上车的乘客整理完他们放在车顶和车肚里的行李,强生看看一切准备就绪,于是就将车发动起来。

车子一开,车厢里就开始热闹起来,那些辛辛苦苦干了一年的民工们,也就这个时候才舍得给自己放几天假回去与亲人团聚,所以都格外兴奋,他们凑在一起,打情骂俏的也有,插科打诨的也有,大家嘻嘻哈哈,一路欢笑声不断。

这时候,就见大力拿出麦克风,对乘客们公布了一条奇怪的禁令:"各位旅客注意,为了使大家一路愉快地回家过年,请注意文明乘车。各位请听好,本车厢严禁男女乘客亲密接触,记住了,谁都不许脱衣服。谁要是骚得慌,我就把他扔下车去!"

大力话音刚落,车厢里就响起了一阵哄笑声,大家都以为大力是在开玩笑,只有那个最后上车的民工似乎有点震惊,他好像要对大力说什么,张了张口,却什么都没说。

由于这条线路很长,所以强生和大力两个正副驾驶员轮流着开车和休息。到这天夜深了的时候,他们两个已经一个轮转下来了,此刻又轮到强生开车,大力睡觉。

不过大力没有马上休息,他借着车上的夜灯,在窄窄的车厢走道里巡查。

一个正坐着抽烟的乘客不解地问他:"遭过打劫呀? 怎么这么紧张? 我们还不都是老乡?"

大力没搭理他。

这时候,除了客车在公路上奔驰发出的"沙沙"声之外,周围的一切都安静了下来。可偏偏就在这时候,大力听见一阵好像是老鼠翻东西的细碎声音,接着,有女人娇滴滴的喘息声,他知道有情况,神经立刻紧绷起来。

其实,那些疲惫的民工们此时差不多都早已进入了梦乡,就是男女挨着号的,也是一个朝车窗、一个朝过道地睡在那里,界线分明。可大力不死心,在走道里来回仔细地看,最后终于在7、8号位前站住了。他发现,那个位上的两个人虽然看上去似乎没动,可仔细看,盖在上面的被子却显示出,被子下面那两个人是紧紧贴在一起的。

大力"哗"地一伸手揭开了被子,果然不出所料。

可是那两个人并没有十分惊慌,女的从大力手里扯回被子往身上盖,男的理直气壮地对大力说:"我们是朋友,而且都已经成年了,有什么不……"

可是没等他说完,大力就冲上去一把揪住男的长长的头发,甩手朝他脸上就是一巴掌。

那女的一见跳了起来,赶紧护住男的,央求大力说:"大哥,你大人大量,饶了我们吧,我们错了。不过我们真的是朋友,他……他说好过了年就来我家提亲的。"

大力一听女的这么说,更加气不打一处来,凶狠狠地朝男的吼道:"哼,我找的就是你这样的家伙!"

男的声音挺委屈,嘀咕道:"我们有什么错? 错的是今天坐错了车! 现在哪趟车管这事?"

大力狠狠一跺脚:"哼,我这车就要管这事!"

大力的吼声把一车的乘客都闹醒了,大家还以为他抓到了小偷。

这时,有一双大手突然按在大力的肩膀上,那是强生的父亲过来了:"大力,我知道你心思,妹妹出事后,你就一直想找这种人算账。唉!"强生父亲长长地叹了口气。

乘客们于是都纷纷从床位上探出头来,旅途上谁都对这种奇闻怪事有好奇心。

大力看着大家,说:"你们一定都奇怪,我怎么会爱在车上管这种事。我索性告诉大家吧!我曾经有个妹妹,去年在外面打工的时候找了个男朋友,回家过年时,她不但在车上被男朋友占去了身子,而且回到家一看,一年挣下的打工钱全被那家伙偷光了。我妹妹真是又气又恨,立刻想去找男朋友算账,可那家伙却从此再也不露面了,我妹妹想尽办法怎么也找不到他。眼看自己一年的心血和感情就这么遭了盗窃,这个结果我妹妹实在接受不了,最后她疯了,有一天突然离开了家,谁也不知道她去了哪里,至今下落不明。所以……所以我最见不得在车上乱来的家伙,要是碰上那个黑心贼,哼,我一刀割了他……"

大力的话把大家都震住了!只见刚才那一对年轻人,女的突然认真地问男的:"你真的过了年就来我家提亲?"

男的说:"那还用说?我就是怕你反悔,才把'生米煮成熟饭'的。"说完,他把自己藏在贴身口袋里的钱全掏了出来,塞给女的,说,"你要不信,我今年就跟着上你家过年去,将来孩子跟你们家姓都成。"

这时,坐在靠窗的一个乘客,他一边用水果刀挑着罐头里的水果块,一边对大力说:"我倒是听到过另一个版本,说是有一男一女在车上私订终身,可是第二天一早起来,女的先下车,男的就发现自己的钱包不见了,应该是女的偷的!"

乘客们便跟着七嘴八舌议论起来。

大力正要说什么,却觉得有人在拉他的衣服,一看,就是那个最后上车的民工。那人朝大力招招手,扭头走了,大力觉得奇怪,不知道为啥叫他,于是便跟着那人走到前头车门边,他的身体恰好挡住了其他乘客的视线。

那民工压低声音对大力开口道:"我有件事对大哥说。你刚才说的你妹妹那件事里面,偷她钱的其实是另一个人,是那男孩的老乡……因为这老乡一年下来没挣多少钱,所以在他们之前,就已经伸手先将你妹妹的钱包偷走了。得手之后,他又把你妹妹男朋友的钱包也偷了。可能是紧张,或者是害羞,你妹妹直到在兴隆下车,也不知道自己丢了钱;而她的男朋友也是后来在到家之后才发现自己丢钱的,顿时又气又恼,想想就是高价嫖娼也花不了那么多血汗钱呀!"

大力吃惊地听他说着这一切,不由捏紧了拳头:"你说出那家伙来,我找他算账去!"

可是那民工却脸色异常凝重,他叹了口气,按着自己的思路继续说下去:"偷到钱的那老乡心里毕竟不安,可却故意装出若无其事的样子,在你妹妹下车后,他和你妹妹男朋友一起继续在车上。不料因为司机疲劳驾驶,夜间又把车开得太快,路上不幸出了车祸,司机当场死亡,车体严重变形,偷钱那老乡和你妹妹的男朋友都被挤压在车厢里。男朋友见自己失血很多,命在旦夕,便用手掰起断掉的大腿骨拼命向上顶,让变形的座椅架松开一些,把逃生的机会让给了他的老乡。出事地点地处偏僻,救援人员是在过了很长时间以后才赶到的,这时候你妹妹的男朋友已经死了,而偷钱的老乡却最终获了救。那老乡悔恨交加,当即从身边抓起一大块碎玻璃,剁掉了自己偷钱的那根手指。

他说到这里的时候,默默地摘下了自己戴在手上的手套……大力一看,什么都明白了,嘴上默然无声,紧捏着的拳头却悄悄松开了。

这时候,说话的民工从自己贴身兜里掏出一个布包,布包上面绣着一朵荷花,还有大力妹妹的名字,打开布包,里面是一厚沓百元钞票。那民工一脸愧色,把布包高高举起,递给大力,说:"我当时没胆量,也没脸面去兴隆找你妹妹,当时的钱就用在你妹妹男朋友的丧事上,多余的统统留在他家。今年我出来打了很多份工,攒下不少钱,想给你妹妹,可在车站上等了七八天,就是没见你妹妹人影。我不知道她现在这个样子了,心里非常不安,我对不起他们。如果找到她,这点钱就给她治病吧！请你一定要告诉她,钱不是她男朋友偷的,是我……是我这只该死的手!"说着说着,他抑制不住自己的悔意,"扑通"一声在大力面前跪了下来……

大力的眼睛里噙满了泪水,他扶起那民工,说:"难得你知错就改,钱我就收下一半吧,就算是我妹妹当初的打工钱,我替妹妹留着,相信一定能把她找回来。至于另一半,你拿回去,在外面打工挣钱太不容易了,你也要用它回去养家糊口。现在天还没亮,你还可以好好睡一觉。祝你一路平安!"

大力一番话,说得那断指民工热泪纵横,忍不住哭出声来。

一车厢的乘客,见这位断指民工最终得到了大力的谅解,都热烈地鼓起掌来。是啊,雷公不打吃饭人,风雪不阻夜归人,何况现在是春运,是该有浓浓的人间春意的!

这时候,正在驾车的强生轻轻一按音响开关,车厢播音器里立刻传出一首《好女孩》的歌来。轻柔悦耳的歌声中,大力不由想到自己妹妹,他真希望此刻妹妹的病已经好了,也在往回家的路上赶,也是在春意盎然的车厢里……

(封宇平)

(**题图**:魏忠善)

穿透心灵的子弹

那年头，号召城市知识青年到农村去，盈盈把宽条军皮带往腰上一扎，就和同龄人去了大兴安岭一个叫老鹰崖的林场。

林场里有个小伙子叫大柱，长得高大又帅气，尤其是手中那杆猎枪，可谓百发百中。有一天，盈盈听到场里有人在骂一头野猪，说这畜生经常在夜晚来糟蹋庄稼，大柱当时也在场，马上接口说："那就让我来教训教训这畜生贪吃的嘴。"果然，当晚野猪来了，等候已久的大柱闻声举枪便射，野猪的厚嘴唇顿时就开了花。野猪逃跑后，大家在野猪中弹的地方看见满地的獠牙。盈盈惊呆了，痴痴地看着眼前的大柱，猛然间，她突然发现大柱竟也意味深长地看着她，顿时羞得满脸颊飞上了红晕。

就这样，盈盈和大柱恋爱了，他们的关系从隐蔽到半公开，再到完全公开,老鹰崖的小伙子们看见盈盈和大柱出双入对时,眼睛里充满了沮丧和嫉妒。

这天,盈盈家来了两位客人,是她的中学同学建军和爱红,他们也下放到了大兴安岭地区,不过和盈盈不在一个林场。

对于建军和爱红的到来,盈盈和大柱是非常慎重的。大柱知道,建军以前追过盈盈,在情敌面前,他要好好表现表现,所以事先就去打了好几种野味。盈盈早早地把这些野味炖在锅里,建军和爱红一进屋,就馋得直叫盈盈快开席,屋里弥漫着一股浓浓的野味香!

酒桌上,大柱和建军两个男人推杯换盏,颇有相见恨晚的意思,盈盈和爱红也互相"干"了起来。酒还没过三巡,大家就都有了醉意。

大柱灌下一口酒,拉开嗓门对建军嚷道:"你敢不敢和我打赌?"

建军脖子一犟:"这有什么不敢的?说吧,你想赌什么?"

大柱说:"你知道老鹰吧,那家伙飞得又快又高,你信不信,我一枪能打中三只老鹰!"

建军不信:"你是不是想在我们面前逞英雄?你喝醉了。"

爱红自然也不信,怎么可能一枪打中三只会飞的鹰?

盈盈也疑惑地看着大柱。

大柱见他们几个都被自己的话镇住了,兴奋地说:"那咱们就来打这个赌,谁输谁喝酒!"说着,他把挂在墙上的猎枪取下,打开枪栓,卸下子弹,只留了一粒,其余的都交给建军。随后,他将留下的唯一那粒子弹压进枪膛,走到屋外。

盈盈他们三个人都想跟大柱出去看看,但此时只觉得酒劲上扬,脚已经踏不稳步子了,只好瘫坐在屋里,有一搭、没一搭地说着话。

说着说着,三个人的话题离开了林场,说到了城里,说到了他们各自的家。爱红突然流下了眼泪,说她天天梦见自己回到了爸爸妈妈身边,发现爸爸的风湿病犯了,妈妈的头发白得像雪一样。爱红这番话,让建军和盈盈分外伤感起来,三个人一时都没了言语,屋里静悄悄的……

就在此时,只听屋外突然传来一声清脆的枪响,三个人这才想起了和大柱打赌的事。

转眼间大柱就回到了屋里,让三个人目瞪口呆的是,他手里真的提着三只大小不一的鹰,而且都还活着,扑棱着血肉模糊的翅膀。长这么大,盈盈还是第一次这么近距离看见被打下的猎物,她发现,这三只鹰的眼神里充满着愤怒和惊恐。

大柱像是一个凯旋的将军,得意洋洋地将三只鹰甩在地上,笑着对建军说:"建军,你输了,喝酒!"

大柱的眼神瞥过建军和爱红,最后落在盈盈身上,就像那天晚上射中野猪后看着她时一模一样。

盈盈的脸上顿时飞过一阵红晕,说实在话,她心里真为大柱骄傲。盈盈用胳膊碰碰大柱,柔声问道:"大柱,你真能用一粒子弹打中三只鹰?"

建军和爱红也惊讶地望着大柱,似乎是在用眼神问大柱同样的问题。

大柱哈哈一笑,将猎枪往墙角一靠,"咕嘟咕嘟"一气喝下一大碗酒,然后故意卖关子说:"嘿嘿,都说我的枪长了眼睛,这话不假,可再有本事,一粒子弹也穿不过三只鹰翅膀啊!"

大柱这话说得盈盈云里雾里的,建军和爱红都等着他往下说。

大柱得意地看着他们,这才道出实情:"告诉你们吧!前几天,我发现老鹰崖顶上有一只雏鹰,羽毛刚刚长起来,还不能利索地飞呢。我猜想这几天雏鹰的爸爸妈妈一定会训练它,刚才来到老鹰崖顶下,没等多长时间,果然就看见两只老鹰领着这只雏鹰从巢里飞出来。于是,当这只雏鹰歪歪斜斜飞起来后,我瞄准它的翅膀就扣下了扳机……"

建军听到这里,忍不住打断大柱的话着急地问:"可是,你打中的是一只雏鹰啊,那两只老鹰是怎么回事?"

大柱不慌不忙地说:"别急,你们听我说啊!雏鹰的爸爸妈妈看见孩子被击落,立刻疯了似的扑下来,想救它们的孩子,这个时候,我就不慌不忙用枪托打断这两只老鹰的翅膀,把它们一家三口生生地给活捉了。你们说,这是不是一枪打中了三只鹰?"

大柱说得眉飞色舞,就等着听大家赞扬的话了。可出乎他意料的是,小屋里静悄悄的,谁也没有说话。

沉默了好一会儿,爱红突然扑进建军怀里,说:"建军,我想爸爸,我想妈妈。"

建军搂着爱红,轻拍着她的肩膀,不说话。

盈盈的眼眶里也噙满了泪水。

大柱不知道自己做错了什么,他拉住盈盈问:"你们怎么啦?"

盈盈不想理他,轻轻甩开他的手,冷冷地扭过头去。

那天晚上,建军和爱红离开了林场,而盈盈再也不想和大柱做朋友了,他们俩分了手。

后来,盈盈回城了;再后来,盈盈结婚了。

有一天,盈盈偶然和她丈夫说起当年这件事,丈夫问盈盈,为什么突然和大柱掰了,盈盈沉默了一会儿,低声说:"鹰爸爸、鹰妈妈看见孩子被射杀,疯狂得没有理智,这种疯狂不就是最伟大的父爱和母爱吗?可大柱为了炫耀,竟然利用这种爱。他的那粒子弹,不仅杀了三只鹰,也杀死了我对他的感情……"

说完,盈盈扑进丈夫怀里,哭得泪水涟涟……

（杨　格）

（题图:安玉民）

谢谢你，小芳

学校毕业后，刘瑾去了当地一家政府机关报社。

由于工作关系，他经常下基层采访，下面那些头头脑脑对他十分恭敬，每次接待都特别周到。时间久了，他就轻飘飘起来，以为自己是个人物了。

当地有个柳林县，煤业很发达，刘瑾只要去那里采访，县政府总会安排他住最好的柳林宾馆，给他贵宾般的礼遇，所以刘瑾很喜欢去那里。

可是那天，刘瑾去柳林并不是为工作上的事，那天是星期六，刘瑾在家闲得无聊，为了消遣，独自开车出去兜风，不知不觉竟把车开到了柳林。

这时候，已经是中午了，刘瑾便大模大样地走进柳林宾馆，一个电话打到宣传部，他想叫宣传部的人来陪他好好吃一顿。可谁知宣传部休息天只有一个值班的，说宣传部长他们都下乡好几天了，要下午才能赶回来陪他。

这顿饭，刘瑾只能一个人吃了！

可刘瑾不想一个人在大餐厅里孤零零地吃饭，他到柳林来，哪一次不是前呼后拥如同众星捧月一般？今天如果只一个人吃，不是显得很没面子？这样一想，他就推门进了一个豪华包厢，要了几个小菜、一碗米饭，吃的时候，还特地把包厢门关上了。

可是刘瑾才吃了几口，包厢门就被轻轻推开了，进来一个女服务员，很客气地对他说："先生，国土局来了十多个人，您看……"那意思很清楚：刘瑾一个人用不着一个包厢，让刘瑾去大餐厅吃，这个包厢让给国土局的人。

刘瑾当然不开心了，冷冷地瞟了女服务员一眼，说："小姐，凡事总有个先后吧？等我吃完了，你再安排。"

女服务员见刘瑾不肯让出包厢，脸上的神情有点尴尬，为难地说："先生，今天的情况实在很特殊，其余的包厢都满了，您一个人……"说到这里，她歉意地看着刘瑾，随后，就忍不住走上来，伸手要端菜盘子。

按理说，刘瑾一个人占个大包厢是有点说不过去，但看到服务员没待自己点头就顾自来端盘子，刘瑾冒火了，觉得自己像是受了奇耻大辱一般。他猛喝一声："慢着！怎么，你瞧不起我一个人吃饭是不是？告诉你，我跟你们县委书记吃饭的时候，你还不知道在什么地方呢！我想今天一个人吃顿安静饭怎么啦？碍着谁啦？你把你们经理叫过来，我不跟你啰唆。一个伺候人的服务员，穷牛皮个啥？"

最后一句话，刘瑾是嘟囔着说的，但那个女服务员却听清楚了，脸一下就涨得通红："你……"她想说什么，但什么也没有说，一甩头冲出了包厢。

一会儿，餐厅经理来了，刘瑾掏出记者证往他面前一甩，冷冷地说："我今天就想一个人在这里吃顿安静饭，行不行？"

经理赶紧将记者证递回刘瑾手里，一脸歉意地说："看您说哪里话，行，当然行。哎呀，我们小芳不知道您是大记者，多有失礼，您可要多担待哪！您看这事闹得……实在是不好意思呀！"

经理把话说得这么客气，刘瑾的口气便也软了下来。最后，经理是千道歉、万感谢地离开包厢的。

经理刚掩上门，刘瑾就听到他在门外和那个叫小芳的女服务员的对话：

"经理，这可怎么办？国土局的人马上就要过来了，可今天店里所有包厢都满了……我说经理，这事能怪我吗？他一个人占了个大包厢，说话还这么霸气……"

"嘘……"经理压低声音说，"不要再说了，让国土局的人到大餐厅去吃吧，给他们打对折。这包厢里的是个记者，咱可惹不起这号大老爷，要不明天在报上给你捅一下，谁也吃不了兜着走……"

听着门外那两人的说话声越来越远，刘瑾心里很得意。

过了一个星期，刘瑾又去了柳林，这回他是受命去采访一个煤矿，那里出了事，死了人。刘瑾是随安全生产部门的人一起去的，在煤矿检查完工作，矿主诚惶诚恐，热情接待，晚饭时还劝了不少酒，回到柳林宾馆的房间里，刘瑾只觉得天旋地转，吐了三次还不行。

刘瑾想起以前听说过醋能醒酒，于是就打电话叫服务员给他拿点醋来。服务员很为难，告诉刘瑾说，客房部没醋，这东西只有餐饮部才有。

刘瑾一听火冒三丈，喘着粗气大声说："我喝多了，你现在非给我送醋来不可，我难受得快要死了……"

放下电话，刘瑾等了一会儿还不见服务员送醋过来，他心里憋得难受，就赶紧又去卫生间吐了一回，然后索性脱了衣服躺在浴缸里,听着"哗哗"的流水声,竟昏昏沉沉地睡着了。睡梦中,他见天上下雪了,而自己只穿了条短裤,在雪地里浑身直打哆嗦,寒风一吹,他站不住了,赶紧抓过一根树枝,勉强支撑着自己疲惫的身子……

醒来的时候,刘瑾惊奇地发现自己已经躺在床上暖乎乎的被窝里,他想起自己昨晚的窘相,很奇怪是谁把自己从浴缸里搬到床上来的。

突然,刘瑾看到床上有一只粉红色的发夹,凑近仔细一看,发夹上还残留着几根细长的头发。这是怎么回事?难道……

刘瑾正在发呆,一个女服务员敲门进来,告诉刘瑾该用早餐了。

刘瑾忍不住问她:"昨晚谁进我房间来了?"

那女服务员狠狠盯了刘瑾一眼,冷冷地说:"是小芳,你的救命恩人!"

刘瑾一听愣住了:"我的救命恩人?"

女服务员朝刘瑾一瞪眼,说:"你昨晚不是打电话要醋醒酒吗?后来餐饮部的小芳知道后,就特地打了醋送到你房间,可那会儿你在房间里正吐得一塌糊涂。你知道你是怎么睡到床上的?你当时在浴缸里一丝不挂呀,还死死抓住人家发夹不放。我们小芳多冤,她是一个连男朋友都还没有的姑娘家呀,何况这事她本来是可以不管的!"

刘瑾一听女服务员这话,突然意识到自己在梦里死死抓住的那根树枝,其实就是小芳的粉红色发夹。

可是,女服务员嘴里一口一个"小芳",这让他想起自己一个星期前来柳林时,在宾馆包厢里吃饭的那件事,不由脱口问女服务员:"你们餐饮部有几个……几个小芳?"

女服务员朝他白了一眼:"还能有几个小芳?就一个呗!"她还告诉刘瑾:当时宾馆里已经早过了供热水的时间,而人泡在冷水里,极有可能引起胃痉挛或腿抽筋,醉酒者这时候哪里还管得住自己? 小芳担心刘瑾身子一挣扎,容易被水淹了,酿成大祸,所以才硬是把他从浴缸里拖出来。

女服务员说到这里,刘瑾感觉自己就像一个罪人,在道义的法庭上无地自容。他拔腿就冲出客房去找小芳,一定要当面谢谢她。

可小芳见了刘瑾却显得十分平静,她对刘瑾说:"这没什么,我们服务员就是伺候人的,这些都是我该做的。"

刘瑾的脸上顿时火辣辣的:"不不不,你送醋来就已经超出你的服务范围了。再说,我上次还用尖刻的话伤害过你,你昨晚本可以不管我的,你……你恨我吗?"

小芳摇了摇头,泪水盈盈……

当天下午,刘瑾就离开了柳林,可他完全没有想到,这竟会是他最后一次看到小芳,这其中的缘故,是他半个月后再去柳林时才知道的。

原来那天晚上,小芳在餐饮部值夜班,接到客房部服务员的电话后,特地把醋送来。送来时,客房部接刘瑾电话的那个服务员正在洗头,她让小芳帮着送一送,小芳于是就把醋送到刘瑾房间。进去后,她看到刘瑾昏昏沉沉躺在水已经冷了的浴缸里,她怕刘瑾出意外,完全忘却了少女的羞涩,硬是把刘瑾从浴缸里拖出来弄到了床上,又用毛巾帮他擦干身子,给他盖上被子。

就在这时候,那个洗头的服务员洗好头赶过来了,小芳怕惹是非,再三叮嘱她千万别把救人这事说出去,可这个快嘴丫头竟不知轻重,最终还是说了。于是什么议论都来了,小芳就再也不想在宾馆里待下去了……

刘瑾知道这一切后痛心疾首,他不知小芳离开柳林后会去哪里,唯有对着自己空荡荡的心灵大声喊:"小芳,谢谢你……"

(阎廷御)

(题图:魏忠善)

率 性 真 情

所谓真性情，便是任你一贫如水来、富贵荣华去，我都随性而为，尽显率意之趣，本真之奇。

军人的风采

　　李军的头发长得很快,经常要光顾理发店,上个星期天,他又请假去理发。

　　店堂里,这天来理发的人不少,电吹风"嗡嗡"地响,李军直觉得耳朵里像钻进了小虫子,吵得不行。他正要找个地方坐下,店堂里一个长着酒糟鼻的胖女人,很不友好地指指店门口的牌子,又指指街对面,尖刻地对李军说:"我这里是新潮发屋,不是你们大兵理发的地方,你还是到对面推'光葫芦'去吧!"

　　李军抬眼一瞅街对面,那里有个理发摊位,一个老头正在为一个男子推光头。胖女人如此没有礼貌,这样瞧不起当兵的,无论作为军人还是男人,李军的自尊心都受到了极大的伤害,他火气顿起,心想:什么大兵大兵的,我这大兵的长相也不比你的模样质量差!

李军气得把军帽往凳子上一甩,大声说:"大兵咋地? 我给钱,我要你给我理最新潮的发型!"

顿时,店堂里的人都把目光投向了李军。

一位正在理发的时髦小姐很为李军打抱不平,对胖女人说:"你这不是侮辱解放军同志的人格吗? 你也太不讲职业道德了!"

胖女人自知理亏,咕哝道:"我是好意给他提个醒儿,我们这儿价钱可不便宜。"

李军一听,掏出一百元钱,往收银台上一放:"够不够? 我今天就要臭美一回!"

"你可别心痛!"胖女人嘴里嘀咕着,只好挺不情愿地给李军摆弄起头发来。苦头李军可没少受,他的头发被胖女人一小绺一小绺地卷在一根根木棍上,再用橡皮筋严严实实捆紧,头皮直发痛;随后,那胖女人又用一个蒸笼似的罩子,将李军的头焖得个"半生不熟";尤其是她那比哭还难看的表情,更叫李军生厌。

李军咬牙硬挺了一个多小时,最后总算看到了效果:一蓬头发被这么鼓捣后,果然新潮起来。李军还是头一回赶时髦,往镜子前一站,觉得脑瓜仿佛不是自己的了,脸蛋也陌生了许多。

发型是新潮了,可军人有铁的纪律呀! 李军在镜子前目不转睛地自我欣赏了三分钟。他心里在想:我时髦一回就够了,争口气就够了,过把新潮瘾就够了,用这三分钟把代表潮流的发型牢牢收藏在心里就够了! 三分钟后,他大步流星跨出店门,走进一家照相馆,让师傅用"宝丽来"快照给自己留下了一个永恒的纪念。随后,又重新走进胖女人的理发店,进门就对胖女人说:"你给我推个光葫芦。"

店堂里所有的人都愣住了,不知道李军葫芦里卖什么药。

胖女人以为李军是上门找她茬来的,愣了好半天才咕哝道:

"这发型是最新潮的,是你自己要做的,你干吗……"

李军大声说:"军人不准烫发,蓄大包头也是违反军容风纪的。"

胖女人不解地问:"既然这样,那你干吗刚才还要花这么多钱做那种发型呢?"

李军深深地吸了口气,说:"就为我的人格,就为咱们当兵的争口气!"

一听李军这么说,在场的顾客都笑了,有人还鼓起掌来。

这时候,进店堂看热闹的人越来越多,把街对面地摊上那个理发师傅也吸引过来。他听说了事情的整个经过后,热情地说:"来,大兵同志,我来为你推光葫芦。"

就这样,李军才理的那个油光水滑的新潮发型很快就被推去了,光脑袋的他,在镜子里照样英气逼人。

(曾有情)

(题图:黄全昌)

吃一口家乡饭

　　田光大学毕业后留在城里工作，乡下就他老母亲一个人，种着一亩三分责任田。

　　田光心里记挂着老母亲，工作不久就把她接到城里，把乡下的责任田租给了同村的张六叔，说好租金是每年三百斤大米。

　　开头两年，张六叔总是把当年收下的上好大米送进城来。用这米煮出的饭又软又香，吃着香甜可口的饭，母亲总忍不住在田光面前夸六叔，说他人好，做什么事都不会亏待人。

　　可两年后，事情就起了变化，张六叔送来的米差了很多，煮出的饭粗糙无味，实在是难以下咽，田光自己不吃，也劝母亲不要吃。可是他母亲照吃不误，还说吃着张六叔送来的米，就像回到了乡下。

这天，张六叔又进城送米来了，母亲从袋里抓起一撮米捏了捏，又凑近看看、闻闻，疑惑着问："老六，这是我田里出的米？"

张六叔脸"腾"地红了，不好意思地说："说句老实话，这米是在城里买的。嫂子，现在种田不容易啊！"

母亲想了想，说："我知道种田难，这样吧，我那田租减一半，你以后每年就送一百五十斤大米给我好了，不过一定得是我那田里种出的米。"说完，母亲就去厨房为张六叔做饭。

张六叔吃饱喝足了，立即把糙米拉走，第二天就送来了好米。

这样大约过去了二三年。

到了又一年的年底，张六叔来田光家，可是却空着两只手，他对田光母亲说："老嫂子，乡下的田是越来越难种了，你的田租是不是再减点？"

母亲一听笑了，说："老六，我不跟你说田租了，我那田你照种，送多少米给我随你。吃一点自家那田里的米，我心里舒坦哇！"

听母亲这么说，此后张六叔真就每年只送几斤大米来。

田光不由感慨万分："人真是变化得快啊，六叔也太吝啬了！"

母亲却同情地说："种田苦，你看，他头发都快白完了，老得多快！"

可谁知以后，这个张六叔还不知足。

这年冬天，张六叔进城来，正赶上田光休息在家，他对田光说："大侄子，种田实在太难了，你要贴补百把块钱给我，我才敢种你家的田了。"

母亲在一旁听了没说话，脸色却十分难看。

田光忍不住说："六叔，你不要得寸进尺，天下哪有贴钱出租的道理？这田你不种就算了，我们另找主儿。"

　　张六叔见田光母子俩生了气,饭也没敢吃就走了。

　　这一天母亲没过好,晚上,她对田光说,好些年没回乡下了,想回去看看。田光知道母亲心里惦着那一亩三分地,就答应陪她回趟老家。

　　母子俩说回就回,第二天就动身上了路。

　　好多年没回去了,还没进村呢,田光和母亲远远地就发现村里新添了许多小洋房。

　　他们在村口碰见刘二叔,刘二叔拉住他们非要进屋坐坐不可。刘二叔原来在村里最穷,没想到现在也住上了砖瓦房。

　　母亲悄悄对田光说:"二叔心眼好,请菩萨不如撞菩萨,我们把田租给他好了。"

　　田光笑着点点头,转过身就把租田的事跟刘二叔比划着说了。

　　可谁知话没说完,刘二叔就急得直摇头。

　　田光母亲觉得很奇怪,说:"老二,我是送田给你种,不收田租。我一年只要你两斤米,让我吃一口家乡饭就行。"

　　可刘二叔却回答母亲说:"老嫂子,要米你就拿,你的田我可不敢种。别说白送田,你就是倒贴钱,我也不会去种。"

　　母亲愣住了:"这是为什么?"

　　刘二叔说:"你不知道,现在种田不赚钱,一年苦到头,连小孩的学费都交不起。我两年前就跑生意不种田了,不信你看,河对面野草长得最高的那块地,原先就是我家的。"

　　田光以为刘二叔在打诳,就跨出门去看,果然如此。

　　他退回屋里,不解地问:"二叔,你这块地不种,为什么不退给政府,也可以免了交公粮呀?"

　　刘二叔叹了口气,说:"不准呀!说是政策三十年不变,等满三十年再说吧,现在这田就是不种,公粮、水费还是照交不误的。"

刘二叔这么一说,田光和母亲就再也不敢提租田的事了。

第二年夏天,这天田光下班回家,突然发现母亲不见了人影,他急坏了,转念一想,自打去年返乡回城后,母亲的心情一直有点闷闷不乐,母亲一定是思乡心切,自个儿回了老家。田光一点不敢怠慢,赶紧坐车追去。

赶回老家,已是第二天正午,当时正是收稻时节,地里的打谷机响个不停。田光问清自家责任田的位置,跑去一看,果然,烈日下母亲正弯着腰,在地里割野草。

田光站在地头,大声地喊:"妈,你这是何苦呢?"

他母亲头也不抬,说:"这么肥的田,不种稻真是作孽哟!"

母亲一边说,一边手里颤巍巍地忙着。

不知怎么,田光心头猛地一热,他一步一步走下田去,接过了母亲手里的镰刀……

(杨汉光)

(题图:黄全昌)

剥去他的外衣

晓丽在到省电视台工作之前，曾经给北京的一位通俗歌手写过歌，所以在电视台策划今年春节晚会节目时，晓丽极力向导演推荐这个歌手——她很想让这个歌手把自己写的歌唱响，可以借这个机会让自己扬扬名嘛！

晓丽这些"潜台词"当然是不能对导演明说的，不过因为这歌手在当地还有些名气，所以导演答应了晓丽的请求，于是晓丽马上兴冲冲地给歌手打电话。

可气人的是，歌手的态度居然很冷，好像完全忘了晓丽是谁。晓丽被兜头泼了一盆冷水，气得握电话的手都颤抖起来。

既然歌手的节目已经上了被邀请的名单，晓丽只得忍住气，轻声细语地反复联系他。最后，这歌手总算表示想起来了，对晓丽说:"喔,原来是你啊!哎呀,我这段时间太忙啦,各地都来电话请我。你们……出场费怎么……"

一听对方这么直截了当地提出场费,晓丽立刻意识到自己这次犯了大错:唉,自己怎么会没有想到,春节前后实在是他们这拨人捞钱的黄金时段啊!对方会不会狮子大开口,让自己下不来台呢?

晓丽犹豫了一下,给他报出台里制定的出场费标准:"三万元。"

歌手在电话那头沉默了一会儿,很不情愿地说:"那……既然是你邀请,那我就给你一个面子吧!不过来回机票你得给我报销,还有宾馆……"

他终于没有再继续说下去,晓丽揪起的心这才放了下来。

到彩排录像那一天,晓丽按事先约定去机场接歌手。只见他出来时戴着墨镜,昂着头,俨然一副大牌歌星的样子。旁边有人认出他,叫着他的名字迎上去,可他却目不斜视,脸上漠无表情。

晓丽一看,心里冷了半截,赶紧上去报自己的名字,歌手这才微微点了下头。晓丽真怀疑这歌手是不是变成了冷血动物,要不为什么演出时一副欢乐开怀的样子,而台下的表现竟会如此大相径庭?

在去宾馆的路上,晓丽有一句、没一句地和歌手客套着。透过车里的反视镜,晓丽忽然发现歌手的目光一直在她身上扫来扫去,尤其是在她的胸前和腿上,长久地停留。晓丽顿时厌恶极了,直后悔自己今天穿得太漂亮。

到了宾馆,晓丽安排歌手先休息,晚上再去电视台参加彩排。可她回到台里没多久,那歌手就打她的手机,一副神神秘秘的口气,说是有重要事情要和她谈。

这时候,导演正和晓丽在落实整个春晚的节目内容,晓丽便对歌手说:"你有什么重要事情? 能不能在电话里告诉我?"

　　可那歌手非要晓丽马上赶过去，没办法，晓丽只好又急匆匆地去宾馆。

　　谁知见了面，歌手却不紧不慢地说："猜猜看，我要对你说什么事情？"

　　晓丽哪有心情和他捉迷藏，摇头说："我怎么猜得到呢，你直说吧。"

　　歌手见晓丽没兴致，只好自己说出来："我准备今年出一张新专辑……"可说了这一句，他就把话打住了，看着晓丽的脸。

　　晓丽心里说："这有什么好神秘的，唱歌的出专辑，不就像农民种稻一样吗？"

　　歌手见晓丽不吱声，就往晓丽跟前移了移，故意凑近她耳朵说："我想请你写歌。"

　　歌手这句话一出口，晓丽还真有点儿不知所措，此刻她脸上的神情下意识地舒展开来，眼睛也下意识地亮了一下。

　　就见歌手屏着呼吸，眼睛一眨不眨地瞅着晓丽，突然迸出一句："你真美啊！"

　　晓丽猛地清醒过来，这时她才意识到，那歌手的一只手已经攥住了她的长发。

　　晓丽浑身一激灵，赶紧站起身来，说："对不起，导演正等着我回去商量工作呢！"她挣脱着跑出了房间。

　　晚上，等彩排结束，节目录制完，已经是夜里十一点多了，歌手当着大家的面对晓丽说："小丫头，你要请我吃夜宵哦！"

　　导演不知内里，在一旁帮腔："是啊，人家是第一次来我们这里，你要陪陪他呦！"

　　晓丽这时候说什么好呢，毕竟他是晓丽死活要求请来的客人，只好陪他去吃夜宵。好笑的是，周围人此时甚至还纷纷向晓丽投来羡慕的眼光。

　　吃夜宵的时候，歌手滔滔不绝地给晓丽说着他身边那些乱七八糟的事:谁是谁的情人啦,谁谁傍上大款啦,等等。最后,居然还总结说:"为了出名,有时候奉献和牺牲是必要的、值得的。"

一番话,说得晓丽心里一阵打颤。

夜宵吃到十二点多,晓丽送歌手回宾馆,到了门口就准备离去。

不料歌手一把拉住晓丽说:"上去坐坐吧,我们谈谈写歌的事儿。"

晓丽不想在宾馆门口拉拉扯扯,让人看见了还以为她在干什么,只好跟着上去。

进了客房,歌手先给晓丽倒杯水,看这架势似乎是要和她好好谈谈了。歌手说他的新专辑要请大陆、香港和台湾地区最最有名的作曲家来谱曲,那些写歌词的人现在都纷纷找他,要求能为他写歌。

晓丽冷冷地问:"既然这样,那你为什么还要找我呢?"

只见歌手两眼发红,嘴里胡言乱语着:"因为你是我的小天使啊,你就是……"他边说边就突然像疯狗一样向晓丽扑过来,"我要你,我的小宝贝啊……"

晓丽一阵恶心,正要朝他大吼一声,突然意识到这一喊不知会闹出多大的乱子来,那些小报记者准会把这种事儿搅个没完。

这么一想,晓丽突然有了好主意,忙对歌手说:"你不要心急,我有洁癖,你先去卫生间冲个澡好不好?"

歌手一听,果然停止了发疯,兴奋得不得了,连声说:"好好好,你等着我。"一边说,一边就急急地脱去外衣,冲进了卫生间。

晓丽冲着他的背影狠狠吐了口唾沫,然后抱起他脱下的衣服把它从窗口扔了出去。

这是一只披着歌手外衣的狼,把他的皮剥了,看他还神气什么! 晓丽打开房门,冲了出去……

（明　月）

（题图:魏忠善）

黑　　子

　　在一个训练军犬的营地里,有一条叫"黑子"的狗极其聪明,深受大家喜爱。

　　这一天,训导员让十几个战士站成一排,让他们中的一个去营房悄悄拿一件东西藏起来,再让这个战士回到队伍中,然后就让黑子去营房找那件被藏的东西。

　　对于黑子来说,这显然是"小菜一碟",只见它不慌不忙,这里闻闻,那里嗅嗅,很快就把那件东西从一个隐秘的地方叼了出来。

　　训导员很高兴,用手拍拍黑子的脖颈,以示嘉奖,接着又指指那一排十几个战士,要黑子把藏东西的战士找出来。黑子还是不慌不忙地这个闻闻,那个嗅嗅,没费多少劲就叼住那个战士的裤腿,把他从队伍中拉了出来。

这时,训导员异想天开地突然想试试黑子的判别能力到底有多强,于是就故意朝它摇摇头,说:"不对,不是这个人。再去找!"

黑子用迷惑的眼光看着训导员,蹲在那里一动不动,好像是说:"我没有认错,就是他。"

可训导员毫不理会黑子这个样子,坚决地说:"错了,不是他。再去找!"

黑子这才相信训导员的话,重新跑到那一排战士跟前,一个个嗅了又嗅。经过再三辨别,它最终还是把那个战士给叼了出来。

可训导员那天就是铁定了心要试试黑子,所以依然坚决地朝它摇头:"不,不对!再去找!"

黑子没办法,只得再回头。这次它用了很长时间,仔细地辨认,结果还是在那个战士跟前站住了。黑子两只眼睛望着训导员,意思是说:"我觉得就是他。"

可训导员就是要让它重新判别。

可能是训导员脸上的表情严厉得吓人,这下黑子完全丧失了自信,它放弃了它自己先前的判别,在每个战士跟前都停那么一会儿,看看这个人像不像,又扭过头看训导员的眼色,想从中得到一点暗示。

终于,当它来到一个战士脚边时,发现训导员眼光突然一闪,似乎还点了点头,于是就极不情愿而又无可奈何地叼起那个战士的裤管,把他给拉了出来。

"哈哈哈哈!"大家见从未出过错的黑子终于出了回错,忍不住大笑起来,笑得黑子不知所措。

训导员遗憾地对黑子说:"你本来明明找对的嘛,为什么最后又错了呢?原因就在于你没有坚持住啊!"

刹那间,令所有人震惊的事发生了!当黑子明白这原来是一场骗局之后,只见它极度痛苦地大吼了一声,大滴大滴的眼泪从眼角流出来,然后便沉沉地垂下头,一步一步走开了去。

训导员心里一惊,大声问:"黑子,你去哪里?"

黑子不理睬他,只顾自己往前走。

训导员心里一"咯噔",赶紧追上去,搂住黑子说:"黑子,对不起,我是跟你闹着玩的,你别生气。"说这话的时候,不知怎么,训导员的眼泪流下来了。

可黑子还是不愿理睬训导员,它拼命挣脱训导员的搂抱,随后走出营区,一直走到一座土冈下背风的地方,在那儿趴下了。

训导员一直跟在黑子后面,看着黑子这个样子,他心疼死了,对自己刚才的举动真是懊悔得要命。他决定陪在黑子身边,就算是向它赎罪吧!

可没想,黑子在这个土冈下一趴就是两天两夜,不吃也不喝,任训导员怎么哄,它始终不肯原谅他。后来在营地战士们的一再劝说下,黑子才回去,但从此却大不如前了,再不精神矍铄,再不目光如电,再不奔跑如风。更严重的是,它再不信赖训导员了,甚至对所有的人都不信赖。

没办法,训导员只好忍痛安排它退役。

训导员直到这时才明白:哪怕是狗,它也需要尊严;甚至有时候,它比人更需要尊严。

(作者:吴若增;讲述者:吴文昶)

(题图:李 加)

龙套演员

剧组到张庄拍一部抗战题材的电影,导演要老支书找一批临时演员,老支书便从村里挑了一些模样端正的领过来,张永福便是其中一个。

导演一眼就看中了张永福,老支书连夸导演有眼力,说张永福的爹就是被日本人害死的,找他演肯定合适。

其实,导演看中的是张永福那装束。张永福有个习惯,平时喜欢把白布巾当作帽子扎在头上,这本是陕北人的传统,只是现在许多年轻人嫌不好看,都不这样了,可导演却从张永福身上看到了老陕北的影子。

老支书把张永福叫到导演身边,导演说:"我想请你当群众演员,你愿意吗? 可能还不止这一次。"

张永福问导演："老支书讲,当群众演员有二十块钱拿,是不是真的?"

见导演点头,张永福连忙一口应允:"我愿意!"

导演见张永福这么爽快,于是便给他讲了要注意的事项,然后便叫有关人员安排现场。

接下来要拍的是一场鬼子进村的戏,导演要求鬼子一阵乱枪扫射之后,张永福和另外几个被挑中的群众演员一阵尖叫,然后挣扎着倒在地上,"死了"。

张永福入门很快,导演对他很满意,这一组镜头拍完后,张永福领了二十块钱,走了。

此后,张永福再也没有去过剧组。

这天,张永福正在屋前晒太阳,老支书乐颠颠地跑来,兴奋地对他说:"老弟,那导演硬是看中你了,还叫你去拍戏呢!"

谁知张永福却连连摇头,说:"我不去了。"

老支书很奇怪:"傻了你! 为啥不去? 能挣二十块呢,别人想都想不来!"

张永福气呼呼地说:"那天,那个小日本真可恨,我趴在地上'死'都'死'了,他咋还要在我身上踢几脚?"张永福边说边摸摸自己的腿,"哼,现在还痛哩!"

老支书一听,狠狠捶张永福一拳,说:"就因为这不去呀? 嘻嘻,你若给我二十块钱,我让你踢两脚都行。我告诉你,听导演讲,这次演的戏跟上回不一样了。"

张永福眨眨眼睛,问:"那这次演什么?"

老支书说:"导演说了,这次就你一个人演。大概是在水塘边上,有个鬼子军官把你打下去了……"

张永福一听老支书这么说就跳起来了,大骂道:"小鬼子咋这么凶,还要把我打进水里去?"

老支书连忙劝张永福:"哎呀呀,我说老弟,这是演戏,你咋当真呢？那导演说，你若是演好了，给你五十块呢！"

一听可以有五十块钱拿，张永福不说话了，最后磨磨蹭蹭地跟着老支书去了剧组。

按着导演的要求，头上扎着白布巾的张永福换了一身棉布衣服，站在水塘边。演鬼子的就是那天踢过张永福的那个年轻演员，他边叫着"八格牙鲁"，边抬脚又朝张永福踹来。只听"扑通"一声，张永福应声落水，好在水塘并不深，一会儿张永福就衣衫漉漉地爬上岸来。

一遍戏下来，导演朝张永福拍拍手叫道："不行，鬼子拳脚还没到你身上，你怎么就落水了？重来！"

张永福低声嘀咕："我哪能老让小鬼子欺负？"

可导演没听到他这嘀咕声，只管叫人给他换衣服。

然后，导演喊："一二三，开始！"鬼子演员于是又对张永福一顿拳打脚踢，张永福摇晃着身子又向水中倒去。可是，就在他将要倒下去的时候，他竟一把抓住那鬼子的衣服，把鬼子一起拉下了水。

张永福把剧情改了，导演气得直跺脚。

别看眼下是初秋时节，水塘里的水很凉，几番折腾下来，张永福身子不住地颤抖，又听到导演在骂，他气得把棉外套一脱，扔在了地上，气呼呼地说："我不演了，快把钱给我。"

导演看着他这样子，真是又好气又好笑，调侃说："戏都演砸了，你还想要工钱？"

张永福说："我出了半天力，你总得讲良心，给一半也行。"

导演只好耐着性子做他工作："这样吧，你继续把这个角色演好，我可以考虑给你一百块钱。其实这个角色很好演，只要装着被打到水里去就行了。"

张永福说："可是我真的不会演，我一看见鬼子就想起我爹。导演，你为啥非要拍这鬼子欺负咱老百姓的戏呢？拍点别的不行吗?"

导演一听,不由笑出了声,说:"大爷呀,这你就不懂了,你以前亲眼见过鬼子欺负咱老百姓的情景,可现在的年轻人没见过呀!这是一部历史剧,咱们拍这部戏,是要让年轻人记住过去。"

导演这番话终于把张永福说明白了,他拍着脑袋说:"导演呀,你这话说得在理,我那儿子就不知道,我给他说,他还不乐意听。好,真是这么回事,我演!"

接下来张永福果然演得中规中矩,果然拿到了一百块工钱,他美滋滋地回家了。

打这以后,张永福对演电影有了兴趣,隔三差五地就往剧组跑。可他想演了,却一时没了他的戏,只能凑在一边看热闹。他不甘心,每天在那里等。

直到这部电影快拍完的时候,张永福的机会来了。剧情是这样的:一个鬼子军官有一天被游击队逮住了,一个老汉冲上去,"啪啪"打了那鬼子军官两个耳光。导演让张永福扮演那个老汉。

那场戏开拍的时候,导演刚喊"开始",张永福就一脸怒气地从人群里冲出来,"蹭蹭蹭"几个大步走到鬼子军官面前,瞪着眼睛骂道:"呸,看你还欺负人!"说罢手起掌落,鬼子军官的脸上立刻被烙上了两个大手印。

"好!"导演兴奋地一挥手,这组镜头竟然一次通过。

张永福转过头望着导演,笑着说:"导演,今天我不要工钱!"

(郑少海)

(题图:魏忠善)

为快乐埋单

　　星期五一早,牛总突发奇想,把公司各部门的主管带去爬市郊的小东山,说是最近工作太累了,请大家去吃一顿山里人家的饭,放松放松。难得牛总兴致这么高,大伙也都乐得休息。

　　一帮人就这么顺着山里的小路往山上走,觉得肚子饿了的时候,恰好看到一户人家,一个老太太正在院子里喂鸡。

　　老太太看到来了生面孔,以为是来收什么费的,忙说自己没钱。等弄清楚这伙人是来吃饭的,倒有些受宠若惊起来,赶紧说她的菜地里什么菜都有,可以随便吃。

　　牛总兴致很高,吩咐秘书吕姑娘说:"请老太太弄几个新鲜的蔬菜,再来个土鸡,多给老人家点钱,让她帮咱做好。"

　　吕姑娘看中了一只大公鸡,投资部的老熊却说那公鸡没阉,不是"太监"不好吃,最好是买公鸡的那只"妃子"。吕姑娘白了他一眼,可还是指着那妃子去和老太太说了。但这回轮到老太太不肯了,挡在母鸡前面直摆手,说什么也不卖。

财务部的老汤向吕姑娘伸出一个手指,说:"价格杠杆!"然后,他自己跟老太太算起了账:"老人家,土鸡在城里是六元一斤,我知道您这是只下蛋的母鸡,咱出七元钱一斤,怎么样?"

可老太太根本不想听他算这账,还是摇头。

投资部的老熊便凑过去对老汤说:"你这个法子没用的,这不是钱的问题,现在山里人谁不会算?你要是说想买谁家的一个喂鸡用的碗,他马上就当成宝了,给多少钱都可能嫌少。一定是人家认准了咱要买这只鸡,才说不卖的。"

牛总在旁边听他们对话,觉得挺有意思,说了句:"我到那边歇歇,这事儿你们看着办吧。"然后就踱到屋门口的一张小凳子上坐下,看着他们。

这么一来,老汤觉得自己不能在牛总面前丢脸,便拉过老太太给她算一笔新账:"这只鸡还能下一年的蛋,算一百五十个,一个三毛,是四十五元;这只鸡算四斤,二十四元;两者相加,就是六十九元。凑个整数,我付您七十元,您省了一年的饲料,倒赚了一年的蛋钱,怎么样?"

老太太愣了:就一只母鸡,能卖七十元?此时,那只鸡已经进窝下蛋去了,老太太朝老汤点点头,说:"那我去抓鸡。"

老汤扭过头来,得意地对老熊说:"嘻嘻,这就叫价格杠杆,没有撬不动的货!"

没想就他说这一句话的工夫,老太太已经转回来了,可手里没鸡,她对老汤说:"不行,我这鸡不卖了。"

形势逆转,老熊于是便调侃老汤道:"你真是好大的'杠杆'啊,能撬动地球啦!""哄"的一下,大家都笑起来。

老汤觉得自己损了面子,看到牛总坐在那里也在笑,赶紧换个话题说："这就是山里人的观念,观念不改变,山里人富不起来。"

这时候,老熊向大家使了个眼色,又伸出三个手指头,说:"看来还是我的买鸡盆原理更有普遍性。"

大家一听明白了,老熊其实还是想在牛总面前显自己的本事,他是要大家都走开,表示不想买了,然后他就能用三十块钱从老太太手里把鸡买下来。可是老熊猜错了,等大家真走开了,老太太也没有任何要他们再买的意思,而是悠哉游哉地喂她的鸡去了。

牛总忍不住大笑起来:"你们连只鸡都谈不下来,回去还怎么谈生意?"老熊和老汤都很尴尬。

不过老汤还是不服气,对牛总说:"能用钱买的东西怎么会买不下来?只是如果价格出得太低或是太高,不符合市场规律的话,会把对方吓倒。就说这个老太太吧,她可能还怕我们不真给钱,如果我把钱先给她,她一准答应。"

老汤说着就转身回去,掏出一百块钱,压低声音对老太太说:"大娘,请您给我个面子,我是和领导一起来的,这钱您先拿着,等会儿我再给您一百,您把鸡卖给我,还不行吗?"

老太太的眼睛在鸡和钱之间来回打转,可是最后却一跺脚,对老汤说:"这又不是金鸡,哪值这么多钱?你们不知道,我可不是嫌钱少,这只鸡跟我过熟了,我每天给它喂食,听它叫着下蛋,然后再走过去捡个热乎乎的鸡蛋,乐着哩!孩子们都到城里去了,就它在家又唱又跳地陪我,我一听它下蛋的声音就高兴。你说,要卖了鸡,我上哪找这乐子去?日子本来就够冷清的了……"

听了老太太这番话,老汤心里猛地一震,他赶紧跑回去,把老太太的意思对大家说了,感慨道:"我说嘛,能用钱买的东西怎么会买不下来?可老人家这乐子是不能用钱买的,为快乐埋单,我可付不起。"

(宋清海)

（题图:彭　坤）

仇
恨

第二次世界大战终于结束了,希特勒被活捉并押送到阿姆斯特丹。

很快,国际军事法庭做出决定:判希特勒死刑。

然而,用何种方式执行死刑呢?

法官们开始争论起来,有的说一枪崩了他,有的说剐了他,有的说绞死他,还有的说给他注射毒液……

争论了好久,最后大家终于达成共识:烧死他!

这样又产生了一个新问题:在阿姆斯特丹,最大的广场只能容纳一万人,可单单荷兰就有一千多万人,烧希特勒的时候大家都要去看呀,广场实在太小了。

怎么办?

有个法官想出一个主意:烧死希特勒的木柴要由火药来点燃,点燃火药的这根导火线可以以鹿特丹为起点,然后一直布到阿姆斯特丹的主干道上。这样,老百姓只须聚集在马路上,就可以看见导火线一路燃去,直燃到为希特勒火葬而准备的木柴堆那里。

为此,还特意进行了公民表决,结果除了一票反对,其他人都赞成。反对者解释说,火刑对于希特勒来说太轻,他希望要用中国的酷刑"五马分尸",来收拾希特勒。

很快,烧死希特勒的表决获得了通过,激动人心的时刻终于来临!

这天凌晨四点,火刑开始。当合唱团唱起庄严的感恩赞美诗时,一位母亲划着火柴点燃了导火索。据介绍,这个母亲有三个儿子被纳粹以所谓从事破坏活动的罪名杀害了。

看到导火索被点燃,人群中爆发出一阵阵胜利的欢呼!导火索在鹿特丹的大路上慢慢燃烧着,人们从四面八方簇拥而来。

却说此时,希特勒身上裹着一件黄色长衫,被紧紧地捆在火刑柱上,呆若木鸡,一言不发。有个小孩爬到柴堆上,把一张写着"这个人是世界上最大的刽子手"的标语贴上去,希特勒看到了,破口大骂起来。看到刽子手竟如此放肆,人们被激怒了,一时间嘘声四起,唾沫满天飞,希特勒立刻被吓住了,赶紧低下头,闷声不响……

下午三点钟的时候,导火索燃到了阿姆斯特丹郊区,人们怀着无比的激愤,和着鼓声唱起了当地民歌。

此时希特勒已面如死灰,挣扎着竟想脱去身上的绳索,自然是徒劳无益。

不久之后,导火索的火星离烧死希特勒的木柴堆只有几英尺距离了,再过几分钟,希特勒就将一命呜呼,人群中爆发出一阵阵复仇的呐喊。

一分钟过去了,又一分钟过去了,导火索只剩下最后几英寸了。

就在这时,一个干瘦的矮个子男人一边使劲地喊着"让我过去,让我过去",一边从维持秩序的士兵队伍里挤出来。

这人大家都认识,叫普里特,他的两个儿子被德国宪兵队用机关枪打死了,妻子和三个女儿都惨死在鹿特丹大屠杀中,打那以后,这可怜的男人就一直神志不清,整天到处流浪,靠救济过日子。

大家自动闪开一条道,让普里特走过去。

只见普里特走到希特勒跟前,恨恨地朝他啐了一口,然后,竟不可思议地一脚踩在导火索上,把火踩灭了。

看到普里特的这个举动,广场上的人都气坏了,高声怒喊起来:"普里特,你疯了吗?"

"杀了他,杀了他!"人们纷纷叫嚷着。

面对愤怒的人群,普里特却面不改色,他缓缓地朝天举起胳臂,咬牙道:"咱们从头再来一次!"

(赵 华 改编)

(题图:安玉民)

约
会

　　一天,纽约中央火车站门口,急匆匆来了一位年轻的军官,他叫勃兰福特,是个中尉,高高的个子,一身戎装,非常帅气。

　　勃兰福特看看自己的手表,又望望火车站问讯处那里挂着的大钟,都是五点五十四分。他想到再过六分钟,就要见到那位自己从未见过面却日夜思念着的女人了,心里很激动。

　　这个女人叫梅尼尔,是一年多以前勃兰福特在训练营里的时候,从一本叫《人类的束缚》的书里认识她的。就是那本书,让勃兰福特感觉到梅尼尔是个十分温柔而且很有见地的女人。后来,勃兰福特又从电话号码簿上查到了梅尼尔的住址,便给梅尼尔写了封信。让勃兰福特万分欣喜的是,梅尼尔没过几天就给他回了信,尽管勃兰福特第二天就作为出国部队的一员上了战场,但他们两个人的书信来往此后却一直没有中断过。

战争是残酷的,可是梅尼尔的每一次来信都给了勃兰福特很大的力量,渐渐的,勃兰福特开始爱上了梅尼尔,终于在一次回信中,勃兰福特鼓足勇气向梅尼尔提出了要一张照片的请求。但非常遗憾的是,勃兰福特的这个要求遭到了梅尼尔的拒绝。

梅尼尔在回信中说:"你为什么要我的照片呢? 是想看看我漂不漂亮吗? 我想,如果你对我的感情是真实的,那么我的相貌对你来说应该无关紧要。当然,爱美之心人皆有之,但如果只是以貌取人,怕也会有失偏颇。请原谅,照片我就不寄了,等你回来之后,如果你还想见我,那么我们就约地方见面吧!"

看罢梅尼尔的来信,勃兰福特尽管感觉有些失落,但仔细想想,他觉得梅尼尔的话很有道理。于是在接下去的一年时间里,他和梅尼尔继续保持着通信联系,两个人你来我往地写了一百多封信。

现在,勃兰福特终于回来了,回到了纽约! 当天他就与梅尼尔约定,晚上六点在中央火车站门口见面。为了彼此相认,他们商定,梅尼尔胸前戴一朵红色的玫瑰花,勃兰福特手里拿一本《人类的束缚》。

很快,又过去了四分钟,离六点见面只差二分钟了,可勃兰福特总觉得时间过得实在太慢。当他又一次抬头看钟时,一个姑娘从他旁边擦身而过,勃兰福特又惊又喜:是梅尼尔来了?

他急忙追上去,可是一看失望了:这姑娘胸前也戴着一朵玫瑰花,但不是红色的,而且她看上去非常年轻,似乎二十岁还不到。这绝不是勃兰福特要等的梅尼尔,因为梅尼尔曾经告诉过勃兰福特,她今年正好三十岁。

勃兰福特只得回转身来,在进进出出的人群中,继续等待梅尼尔。

不一会儿,勃兰福特发现人群中有一个身穿绿色衣服的年轻女子,正微微笑着朝自己走来,那女子高挑身材,一头浅黄色的秀发瀑布似的披在脑后,一双蔚蓝色的眼睛活泼而闪亮,她那神态顿时让勃兰福特怦然心动,虽然她胸前并没有戴红玫瑰,但不知为什么,勃兰福特认定这女子就是梅尼尔。勃兰福特急忙高举着手里《人类的束缚》的书迎上前去,冲着这年轻的绿衣女郎微微一笑。

可谁知那绿衣女郎先是一愣,然后看着勃兰福特轻轻地说:"大兵,请问你是跟我争路,还是要向我问路?"

勃兰福特被她问得很尴尬,一时不知说什么好。

就在这时,勃兰福特突然发现远远地又来了个女人,胸前正戴着一朵红玫瑰。啊,原来是自己搞错了,这下真是梅尼尔来了!他于是赶紧对绿衣女郎说了声"对不起",便朝梅尼尔迎了上去。

可是勃兰福特走近了一看,却顿时傻眼了:原来迎面来的这个戴着红玫瑰的女子,竟是一个年过四十的半老徐娘!那半白的头发卷在一顶陈旧的帽子下面,脸上堆着不少皱纹,身材不说肥胖吧,也实在长得过于丰满。

看来,这女子真的就是梅尼尔了,因为她在勃兰福特面前站住了,朝着他直笑。

从梅尼尔满脸的笑容里看得出,她是一个贤惠又善良的女人,可是勃兰福特却不免觉得失望,像是被当头浇了一盆凉水,浑身不自在。难道这就是自己朝思暮想的心爱姑娘?勃兰福特真不敢相信。

不过,勃兰福特立刻回想起在过去的一年中,和梅尼尔鸿雁传情的幸福时光,梅尼尔的每一封来信都给了自己那么大的激励和力量,这种友谊值得自己永远珍藏和感激啊!

想到这里,勃兰福特立刻挺起胸膛,向梅尼尔行了个端端正正的军礼,又将手里那本《人类的束缚》递给梅尼尔,说:"我是勃兰福特,你一定就是梅尼尔女士吧?今天能见到你,我很高兴。我……可以请你吃饭吗?"

谁知这女人听完勃兰福特这番话,咧开嘴"格格格"地笑了,摇摇头说:"孩子,你搞错了,我不是梅尼尔,也不认识梅尼尔。"

"那……"勃兰福特愣住了,"那你怎么……怎么戴了朵红玫瑰?"

"啊,你说这玫瑰花吗?"女人笑着朝勃兰福特摇头,"这是刚才走过去的那位穿绿衣服的小姐把它戴在我胸前,要我来见你的。她说,如果你请我和你一起去什么地方的话,那就让我转告你,她现在在街对面的饭店门口等着你。她说,这是和你开个玩笑!当然啦,她也付了我钱呀!"

勃兰福特恍然大悟:"不,这不是开玩笑,这是对我的一次考验。谢谢您啦!"说完,他撒腿就朝街对面那家饭店奔去。

(推荐者:夏之秋;讲述者:吴文昶)

(题图:箭 中)

寸草春晖

天真烂漫的孩童既有了寸草心，天下又还有哪个父母会去计较它是不是报得三春晖呢？

幸运纸鹤

春生到邮局去给他资助的一名失学儿童汇款。

一踏进邮局大门,他就注意到站在大门内侧的一个小男孩,看上去大概只有七八岁的样子,头发黄黄的,穿着一件很大的灰色夹克衫和一条拖地的长裤,两只手反剪着放在背后,身子靠在墙上,一双漆黑的眸子忽闪忽闪的,望着来来往往的人流。

小男孩见春生在看他,立刻忸怩地站直了身子,小嘴动了动,想说什么,但又没说出来。春生觉得这小男孩的神情有点异样,不过他怕惊着孩子,只是朝他笑了笑,就朝服务柜台走去。

春生在柜台上办理汇款手续,在等营业员开单据的时候,他忍不住回过头来打量那个小男孩。他发现,凡是进门的人,谁只要多看小男孩几眼,这小男孩脸上就流露出想和他说话的神情,可是又什么也没说。春生猜测:这孩子一定是有事想找人帮忙。

办完汇款手续,春生于是便走到小男孩跟前,朝他微微一笑,蹲下身来问:"小弟弟,有什么事情需要我帮忙吗?"

小男孩羞涩地看着春生,点点头,说:"叔叔,我……我想寄信,可我不知道该怎么写。"他边说边从身背后抽出手来。

春生看见,小男孩一只手捏着一个贴了邮票的信封,一只手捏着一只用淡红色信笺纸叠的纸鹤,纸鹤的头上还点上了两只小眼睛。

春生朝小男孩点点头,说:"好,叔叔来帮你。"他从小男孩手里接过信封,一看,却发现里面没有信。"信呢?"

小男孩晃晃手里的纸鹤,回答说:"我把它叠成这个幸运纸鹤了。"

春生问:"幸运纸鹤? 那你想把这个幸运纸鹤寄给谁呢? 你的爸爸妈妈都在很远的地方吗?"

小男孩摇摇头:"不……不是,我……我想把纸鹤寄给文艺台。"

"文艺台?"春生愣住了,他自己正是文艺台的节目编辑,"你怎么想到要寄信给文艺台?"

"我……我想参加他们的有奖猜谜。"小男孩忽闪着他那两只亮晶晶的大眼睛。

原来如此! 春生恍然大悟。

是的,眼下,春生他们的文艺台正与迅达电器集团联手推出一档娱乐节目,胜出者可以参加抽奖,奖品是一台多功能收音机。但春生知道,这种活动其实中奖概率不会高,一共才五台收音机,可到目前为止,参加者寄来的信件已经足足装了三大麻袋了。

春生正是这档节目的策划编辑,说实在话,看着眼前这个可爱的小男孩,他很想帮他。他不由追问道:"你想中奖? 想要一台收音机?"

"你怎么知道?"小男孩惊疑地睁圆了大眼睛。

春生对小男孩解释说:"叔叔也听文艺台的,所以知道。你能告诉叔叔你为什么想要收音机吗?"

小男孩涨红了脸,嗫嚅着说:"我……我想给妈妈……给妈妈一台收音机,这样我上学时就有人陪她了。"

听着小男孩那轻轻的说话声,一种莫名的感动忽然涌上了春生的心头,它让春生立刻想起了自己远在老家的妈妈,因为工作忙,春生已经好久没有和妈妈通电话了。

帮小男孩寄好信后,春生饶有兴趣地问他:"能带叔叔到你家里去看看吗?"

"好啊!我妈妈一个人在家,我们家里已经好久没有客人来玩了。"小男孩说完,很兴奋地拉起春生的手走出邮局大门,朝自己家走去。

一路上,小男孩告诉春生,他的名字叫良子。就在前不久的一天,他听隔壁邻居姐姐在说文艺台有奖猜谜的事,说猜出了可以参加抽奖拿收音机,于是便缠着邻居姐姐每天去收听他们的节目,还用邻居姐姐给他吃的蛋糕与小伙伴交换来一张漂亮的信纸,特地把它叠成一个纸鹤,希望把它寄出去之后能给他们家带来幸运。良子说,要真能得到一台收音机,妈妈肯定会惊喜万分。

良子家离邮局不远,穿过马路,走进巷子,三拐两转就到了。良子头前推开门,春生只觉得一股刺鼻的中药味扑面而来。

"是良儿吗?"一个微弱的声音从里间屋里传出来,还夹杂着几声咳嗽。

"妈妈,是我,还有一位叔叔。"良子一边回答,一边向里间走去。

春生四下一打量,发现这是一套里外两间的屋,很小,拢共不过十几个平方,屋里又暗又潮。他站了好一会儿,才看清屋里的东西,都是一些杂物,墙脚还放着一只煤炉,炉子上正熬着中药。里屋的光线更暗,良子开了灯,春生才看清,一位三十多岁的女人,正病恹恹地斜靠在一张木床上。

春生忙上前打招呼:"你就是良子的妈妈吧?"

良子妈疑惑地看着春生。

春生说:"哦,请不要误会,我只是好奇,所以才跟着良子来看看。"春生把刚才良子给文艺台寄信的事说了一下。

良子妈一听,摸着良子的头说:"唉,你这孩子,哪能那么容易中奖?你只要好好上学,妈一个人呆在家里有什么要紧的?"

原来,良子妈长年生病在家,良子爸去年下岗后便去城里找活干,良子担心妈妈身体,一直不肯去上学,要陪在妈妈身边,后来爸爸妈妈好说歹说,才把良子劝去了学校。

听良子妈这么一说,春生心里酸酸的,很不好受,他起身告辞的时候,掏出五十元钱塞到良子妈手里。

良子妈慌了:"这怎么行?这怎么行?"

春生说:"嫂子,这钱就算是给良子买几本书看吧!"

春生告辞走了,懂事的良子送他出门。走到巷口处,良子问春生:"叔叔,你说我能中奖吗?"

"能,一定能!"春生肯定地回答,谁会拒绝一个儿子向母亲表达的爱呢?

回到台里,春生立即把良子的事向台领导汇报;第二天,他又从上百封听众来信中找出了良子寄来的那一封。当天下午,台里不出节目的工作人员都被召集到会议室开会,大家听春生讲述了事情的原委后,都被良子对母亲的这份深情感动了。经过热烈的集体讨论,会议最终决定破例增加一个奖额,让良子中奖,并由春生代表台里去给他们家送上奖品。

更可喜的是,大家还一致同意把良子作为文艺台以后结对助学的对象。

到了周末，春生在夕阳的映照下走进了良子的家，此时，良子正忙着在炉子上为他妈妈熬中药。

"良子，看叔叔给你带什么来了？"春生高举着手里的收音机，在良子眼前直晃。

良子一看，高兴得跳了起来："啊，我真的中奖了？"他高兴得蹦了起来，跑过来从春生手里一把抢过收音机，跑着冲进里屋，朝他妈大声嚷道："妈妈，妈妈，我们有收音机啦！我们有收音机啦！"

"收音机？哪来的收音机？"良子妈惊讶地瞧着良子。

良子一脸兴奋："叔叔……是叔叔拿来的。"

春生跟着良子跨进里屋，把手里的一篓苹果放在木床边的一张小凳子上，对良子妈说："嫂子，你好些了吗？"

良子妈认出是上次来过的春生，连忙撑起身子说："是你呀？快请坐！咳咳，怎么好意思又让你破费呢？"

春生连忙解释："嫂子，我今天是来给良子送收音机的。良子中奖啦！"

"中奖？真的能中奖？"良子妈不相信。

春生赶紧把整个事情的经过向良子妈一五一十地说了一遍，随后就将收音机连上电源，打开，把频道调到文艺台。

收音机里立刻传出女主持人甜甜的声音：

"各位听众，又到我们公布这周有奖竞猜获奖听众名单的时间了。在这一周里，依然有大量听众纷纷参加这个活动，我们从胜出者中抽取了五位听众，他们分别是：邹慧琴、左春红、江柳、方文林和张智。另外，一个叫良子的小朋友还获得了一份特别奖。恭喜以上各位获奖听众，你们获得的奖品多功能收音机，将由迅达电器集团提供。请你们带好有关证件，于下周到文艺台来领取。

"明天就是母亲节了,在这里,我们文艺台要把一首《祝你平安》的歌曲,送给天下所有的母亲,祝你们节日快乐! 我们还要特别把这首歌送给这次获得特别奖的良子小朋友和他的妈妈,祝良子小朋友天天快乐! 愿他妈妈早日恢复健康!"

紧接着,《祝你平安》那温馨又深情的歌声便在小屋里响了起来:"……祝你平安,祝你平安,让那快乐围绕在你身边;祝你平安,祝你平安,永远都幸福,是我最大的心愿……"

看着良子母子俩互相依偎着出神地听歌的情景,春生禁不住热泪盈眶,他悄悄退出小屋,离开了良子的家。

走在巷子里,他掏出手机直按号码。

"喂,是妈吗? 是我呀! 我是春生!"春生的声音哽咽着。

电话那头,春生妈一听声音不对,着急了:"春生,是你? 你怎么啦? 出什么事啦?"

春生再也忍不住了,眼泪"哗哗"直流:"妈,我想你啊,我明天就回家来看你……"

(余达锦)

(题图:魏忠善)

父子赶考

初中毕业那年,小文以优异成绩考取了镇高,可他父亲却不满意。父亲做梦都想让小文去读重点高中"县中",父亲自己当年就是县中的才子,当过班长和学生会主席,本来有望成为山沟里飞出的金凤凰,不幸碰上"文革",只得回乡,后来靠自己努力当了一名教书匠。

正巧,县招生办的刘主任是父亲当年的同学,她给父亲带来口信,说县中要增办一个"英才班",统一考试,择优录取。父亲大喜过望,决定亲自陪小文进城赶考,竞争"英才",他把当年没能实现的愿望全寄托在了小文身上。

进城前,父亲谆谆教导了小文一夜:"儿子,你要记住,别看毛毛虫很丑,咬着牙蜕去几层皮,就能变成美丽的蝴蝶,就能成大器……"第二天,小文和父亲早早就乘车进城,直奔考场。

没想刚进校门,县招生办公室的刘主任就咋咋呼呼地朝小文父亲迎了上来,嘴里嚷嚷着:"大班长,欢迎欢迎!这就是你儿子?跟你当年一模一样,一表人才啊!真是强将手下无弱兵,老子英雄儿好汉!"

小文突然发现,平时在讲台上神采飞扬的父亲,在刘主任面前却似乎一下矮了三分,甚至慌得连手脚都不知放哪里了。小文记得父亲曾对他说起过,刘主任当年对父亲崇拜得五体投地,整天像小尾巴一样追在父亲屁股后面问作业,甩也甩不脱。小文心里不禁涌起一股悲凉:今非昔比,此刻父亲的心情一定不好受。

考场门口这时候已经分外热闹起来,开来各式各样豪华轿车,相比之下,小文和父亲是显得那么寒酸。刘主任望着来来往往的小车,对小文父亲感慨说:"这些人全是送子女来考试的,不是经理、厂长,就是包工头、老板,如今哪个做父母的不想望子成龙啊!"望着一个个趾高气扬走下轿车的"小皇帝",小文不免有些自惭形秽,不知道自己最终能不能战胜他们。

小文正胡乱想着,这时候考试铃声响了,小文听见刘主任附着父亲的耳朵悄悄说了一句:"你放心,我监考。"小文心里一愣:刘主任说这话,什么意思?

父亲这时候比小文还紧张,争分夺秒地为小文鼓劲说:"儿子,人的一生关键只有几步,现在这一步走好了,说不定将来就能一步登天……我等你的好消息!"

父亲这番话,让小文心头顿涌一腔悲壮之情。踏进考场前,他不由回头看了一眼父亲,发现父亲竟像冬日的小树,站在考场门口浑身瑟瑟抖个不停。小文暗暗发誓:为了父亲,今天一定要考出好成绩来。

考试很快就开始了!考卷发下来,小文一看,第一部分全是判断题，几乎不用写一个字，只管画圈、打叉就行，他很快就完成了。再接着看下面部分，没想那些试题真是简单得令小文目瞪口呆：这是考"英才"？试卷会不会发错了？他惊讶得迟迟没有动笔，向担任监考的刘主任投去质疑的目光。

刘主任误会了，赶紧踱过来，装模作样地对小文说："这位同学，别着急，慢慢做，时间足够的。"说话间，她将一张标明题号、画圈打叉的纸条迅速塞到小文的试卷下面。

小文立刻意识到这是考卷试题的答案，猛一愣，深感受了奇耻大辱。如此简单的考题，还需要玩这套把戏？小文毫不犹豫地抽出纸条，将它搓成圆球，丢出了窗外。

小文埋头做题，刘主任却满面羞红，她快步走出考场，拾起小文丢了的那个纸球，回来后两眼怯怯的，一直不敢再走近小文。不知为什么，接下来刘主任老是坐立不安地往外面跑，而只要她一离开，考场里就立刻闹成一片，大家叽叽喳喳，交头接耳，手机也响个不停，这哪像考场，简直是自由市场。

小文正惊讶不已，突然他的后座用手指捅他脊背："哎，哥儿们，交个朋友。"后座递上来一张空白试卷，试卷里还夹着一张百元大钞。小文回头一看，后座一张圆圆的胖脸上堆满了谄笑。

不知怎么，小文突然觉得他很可怜，头脑一热，就帮他做起来。做完了，小文把试卷连同一百元钱都还给了他，他直朝小文竖大拇指，说了句"高手"，硬将钱塞进小文手里。

小文有点紧张，心里"咚咚"直跳。可再一想：也好，那就算我帮他做题的劳务费吧，反正这些人家里有钱，不要白不要……

那天上午考完试后，小文头一个走出考场，他父亲急急地迎上来，劈头就问："考得咋样？"

看着父亲焦急的样子，一股说不出的滋味直冲小文的喉头，呛得他直流泪。

父亲顿时发了呆："怎么？考……考砸了？肯定难考，人家招的是英……英才……"

这时,刘主任匆匆走了过来,对父亲说:"考卷我看过了,满分,到底是你的儿子! 大班长,中午该请客了吧?"

父亲看小文这样子,不敢相信刘主任的话,瞪着两只眼睛,仿佛中了魔似的一动不动。

刘主任感慨地抚着小文的头,对父亲叹道:"唉,我要是有这样的儿子,天天请客都情愿! 你别傻愣着,我说的是真的。"

父亲总算回过神来,脸上不由露出欣喜的笑容,连声道:"请客,我请客,请!"

父亲选了一家餐馆,像阔佬一样将菜谱大大咧咧地扔给刘主任,说:"点菜,随便点,刀子磨快一点,你可别心慈手软!"

可是看得出来,父亲说这话的时候底气并不足,腰包不鼓,他内心发虚嘛! 要知道,他还是第一次在餐馆里请客。

幸好,刘主任没点几个菜,而且也不贵,父亲明显松了口气,但仍硬撑着面子对刘主任说:"老同学,我有钱……"

刘主任看了看小文,朝父亲摆摆手说:"别装了,我看得出来,你不是有钱人。有钱人家很少有这样的儿子,你骗不了我!"

父亲被戳到伤疤,噎住了。

席间,刘主任问小文,他妈妈的身体好不好,家里生活怎么样。父亲一个劲地朝小文使眼色,可小文却装作没看见,对刘主任实话实说。小文告诉刘主任,妈妈常年卧病在床,为了供他读书,家里早已捉襟见肘,父亲平时连酒都舍不得喝……

刘主任听了若有所思,脸上的神色越来越沉重,她犹疑很久,试探着对父亲说:"老同学,英才班收费……你应该知道的,很高啊,是不是……"

可是父亲没让刘主任把话说完,他斩钉截铁地说:"我就是砸锅卖铁,也要让儿子读县中!"

刘主任连连摇头:"你就是砸锅卖铁,能有几个钱? 英才班光赞助费一个学期就一万元,三年读下来,得要多少钱哪!"

父亲一听,手中的筷子当场就"当啷"一声掉在了地上。对他这个家来说,这是个天文数字呀!

刘主任深深地叹了口气,满脸懊悔地对父亲说:"老同学,都怪我不好!要早知道你们家现在是这个情况,我还给你通什么消息呀。我今天实话对你说了吧,什么英才班,实际上这是学校搞的'创收班',考试不过是走过场,成绩只要不是太差,交了钱就能进来,学校的教学重点不会放在这个班的。"刘主任说到这里,自嘲地一笑,"唉,学校穷,得想点办法'劫富济贫'。不过老同学,我这些话你可不能说出去呀,不然,我这个招办主任就当到头了,我是看在曾经和你同学一场的分上才给你说实话。你有个好儿子,他今天真给我上了一课,童心可鉴哪!"

刘主任说完这番话,很紧张地看着父亲。

父亲却一言不发,大口大口地喝着闷酒,样子很可怕。

小文恍然大悟:原来这场考试考的不是我,而是在考父母的钱袋子啊!

突然,父亲给小文倒了一杯酒:"儿子,喝!"

刘主任疑惑地看着父亲,伸手想拦,小文赶紧从父亲手里抓过酒杯,将杯中酒一饮而尽,立刻,他感觉浑身的血液都沸腾起来。他问父亲:"爸,下午我还考不考?"

父亲瞪着两只血红的眼睛,朝他大吼一声:"不考!"

父亲端起酒杯,像是在对刘主任,又像是在对天发誓:"记住,儿子,三年后,老子开着轿车送你进城考大学!"

父亲一定是喝高了,可他这么说,小文知道,他人醉心不醉。

刘主任下午还要继续监考,她喊服务员过来结账,对父亲说这顿饭她请客。

父亲立即瞪起了眼睛:"你看不起我?我回去就倒腾山货,一年不赚它个十万八万,我不是人!"

说完，父亲掏出身上所有的纸币和硬币，气派十足地往桌上一扔，对服务员说："拿去，不用找……找了！"

刘主任急了："你这是干吗？吃多少付多少嘛！你辛辛苦苦赚来的血汗钱，怎么这样……"

谁知父亲醉眼圆睁，冷冷一笑："钱是什么东西？孙子！孙子！人……人才是大……大爷！"

小文一看父亲这个样子，眼泪"哗哗"直流，他哽咽着拉开刘主任，说："你就让我爸……当一回大爷吧！"

本该失魂落魄的父亲，在他最窘迫的时候，却豪气满怀地当了一回大爷，当得语惊四座，铁骨铮铮！

刘主任只得收回钱包，她走的时候，一步三回头。

小文扶着父亲摇摇晃晃地走出餐馆，去车站。

一路上，父亲一直晕晕乎乎地笑，嘴里还说："我是穷光蛋，你是穷光蛋，两个穷光蛋回家，哈哈，没有车钱啦，走……走……走回家……"

小文突然想起他上午在考场上"挣"来的那一百元钱，趁父亲不注意，他故意弯了一下腰，迅速从口袋里把钱掏了出来，对他父亲说："爸，我……我捡到一百元钱，我们可以乘车回家啦！"

父亲尽管醉了，却因为听小文说要用捡来的钱坐车回家而露出一脸愧色……

脚步踉跄的父亲是被小文硬拉着坐车回的家。一路上，他虽然一直迷迷糊糊靠在小文肩上，可在小文的心目中，他父亲的形象却从来没有像今天这么高大过。

要说今天这场考试如果真是考父亲的话，小文觉得父亲考得漂亮极了，足可以打一百分。

（吴　天）

（题图：魏忠善）

童心的期盼

　　这几天，大雷发现五岁的儿子亮亮从爷爷家回来后，像变了个人似的，话少了，也不再向他要妈妈了，还不知从哪儿捡回一个旧花盆，装满了土，整天玩得起劲，浑身弄得脏兮兮的。

　　大雷的妻子半年前出车祸去世了，大雷又下了岗，一个大老爷们带着亮亮真是挺不容易的，当时唯一的生活来源就是下岗补助，这点钱别说其他，就连亮亮上幼儿园的学费都不够。后来，大雷好不容易找到个卖力气的活儿，他只好把亮亮送到乡下父亲那里，让儿子在爷爷家住段时间。亮亮原本是个活泼的孩子，没想现在完全变了。

　　亮亮的变化让大雷非常担忧，大雷知道，这都是因为缺少母爱引起的，他担心如果再这样下去，说不定会把孩子弄出忧郁症之类的病来,看来只有赶快找个疼爱他的新妈妈,才能让亮亮尽快恢复过来。

这天下午,大雷早早回到家里,尽可能用婉转的话向亮亮解释给他找新妈妈的事儿。可亮亮听了却把头一扭,噘着小嘴说:"不!我不要新妈妈,我只要我的妈妈!"

大雷听了心里不由一阵伤感,沉默片刻,他劝亮亮说:"亮亮,妈妈飞到天国去了,永远也回不来了,爸爸一定会为你找个像妈妈那样疼你的新妈妈,好吗?"

亮亮一声也不吭,头摇得像拨浪鼓似的,接着就跑到阳台上,又去摆弄他那个花盆去了。

大雷无奈地一个人坐在沙发上发愣,呆坐了一会儿,他长叹一声,起身走进卧室,望着墙上自己和妻子的结婚照出神。他随手拿出抽屉里的影集,一张张地翻看,照片上留下的往日那些快乐的场景,让大雷陷入了痛苦的回忆之中。

看着看着,突然,大雷发现自己和妻子在大学时的一张合影,妻子那一半被挖掉了,只留下了个窟窿。这是妻子生前最喜欢的一张照片,怎么现在却成了这个样子?

这事儿只能是亮亮干的!大雷顿时火冒三丈,紧走几步来到阳台上,冲着亮亮大声喝道:"说,你为什么把妈妈的照片剪了?"

亮亮瞪大眼睛盯着大雷,一言不发。

大雷更生气了,提高嗓门道:"你不是最喜欢妈妈吗?难道你就是这样喜欢妈妈的?看你整天像个野孩子似的,妈妈要活着,看到你现在这个样子,也不会喜欢你。"说着,大雷便要去夺亮亮手中的花盆。

可亮亮却拼命用两只小手紧紧地护着,死活不肯给大雷。

大雷此时真是气不打一处来,他猛一用力,亮亮手一松,就见那花盆"砰"一声掉在地上摔成了碎块,花盆里的泥土溅得阳台上四处都是。

亮亮惊慌地望着大雷，泪水直在他眼眶里打转。

大雷有点慌了，可是低头一看，却又傻了眼。

原来，大雷在四散的泥堆里看到有好几个坏了的小玩具，这一定是亮亮玩坏了之后怕挨大雷骂，故意藏在花盆里不让大雷发现。可更惊异的是，他竟然看到那半截被剪去的妻子的照片，也在里面。

想想妻子最心爱的照片被弄成这副模样，大雷气得抡起巴掌照着亮亮的屁股"啪啪"就是两下，亮亮痛得大哭起来。

大雷才不原谅亮亮呢，怒气冲天地吼着："说，为什么要把妈妈的照片剪了藏到花盆里？"

亮亮的脸上挂满了委屈，不停地哭，边哭边说："爸爸，你不懂。是爷爷说的，在泥土里种什么就能长出什么。唔……我种下妈妈的照片，已经好几天啦，唔……可是为什么还不见妈妈长出来呀……"

啊？大雷听了鼻子一酸，眼泪"哗"地一下涌了出来。

（丘不让）

（**题图**：魏忠善）

　　阿牛是个土生土长的农村娃,在小学读五年级。

　　那年春节,阿牛的表妹阿丽第一次从城里来乡下过年,阿牛可兴奋了,大年初一一大早,就带着阿丽和自己的小伙伴一窝蜂出动,踏着积雪去给村里的长辈们拜年。那些公公婆婆、叔叔婶婶见了他们可高兴了,大把大把往他们衣兜里塞糖。

　　随后,阿牛又带着这帮小伙伴们往邻村跑。阿牛有个大他十岁的姐姐,已经嫁到邻村,现在正大着肚子,阿牛去看姐姐,还要给姐姐村里的长辈们拜年。按当地习惯,不管是认识还是不认识,小辈给长辈拜年是礼俗,长辈给小辈糖吃是讨吉利。

　　姐姐见阿牛带着小伙伴来真高兴,把家里所有好吃的都拿了出来,挺着个大肚子热情地招呼他们。可阿牛却一刻也坐不住,他想赶紧去给姐姐村里的长辈们拜年,然后就好和小伙伴打雪仗玩。

姐姐一眼就看穿了阿牛的心思,叮嘱他说:"阿牛,记住了,你们哪家都可以去,就是别去隔壁太婆家。"

太公、太婆是祖母辈的人,大家平时对这些长辈特别尊敬,所以阿牛听姐姐这么叮嘱觉得很奇怪,疑惑地问:"姐姐,这是为什么呀?"

谁知姐姐并不回答他的话,朝他一瞪眼说:"小孩子家问这么多干吗?"

阿牛见姐姐这样说,就没敢再往下问。

那天,雪下得很大,等阿牛带着阿丽和小伙伴们在村里转完一圈,拜过年又打了雪仗之后,他们玩也玩累了,衣兜里长辈给的糖也塞满了,于是就准备回家。

走过太婆家门口的时候,阿牛突然想起姐姐的话,好奇心立刻涌了上来,,两只脚就不由停了下来。没想阿丽和那些小伙伴也和阿牛一样好奇,他们怂恿阿牛说:"干吗不去? 咱们别让你姐看见就行了!"

阿牛一想也是,于是就点点头,领着一帮娃子轻手轻脚走近去,去敲太婆家的门。

太婆家的房子是用泥糊的,比周围人家的房子矮,屋顶上零乱地堆着茅草,看上去很破烂。别人家门上都贴着喜气洋洋的春联,至少也有个红"福"字,可太婆家的门却紧闭着,门上什么也没有,显得特别冷清。

一个娃子见门内没有动静,猜测说:"大概太婆去什么地方了,不在自己家过年吧?"

好奇的阿丽不死心,走上去就"砰砰砰"重重地敲起门来。

只听见从屋里传出一个苍老的声音:"谁呀?"

原来太婆在家!

屋里传出了脚步声,不一会儿,门就"吱呀"一声开了,满头白发的太婆拄着拐杖出现在阿牛他们面前。太婆看上去脸色蜡黄,两眼无神,驼着背,身上的衣服破破烂烂,又脏又旧,太婆家里根本没有一点过年的喜气。

小伙伴们一时傻愣在那里,不知该说什么,阿丽害怕得直吐舌头。

好半天,阿牛才壮壮胆子带头说了句:"太婆,我们给您拜年来了!"

太婆好像没明白,一副不知所措的样子。

阿丽看看阿牛,大声说:"太婆,我们是来给您拜年的!"

这回太婆好像回过神来了,脸上露出惊喜的神色,哆嗦着嘴唇说:"啊,拜年,你们是给我拜年来的? 等一等,等一等……"她好像想进屋拿什么,可老半天却还在原地转悠。

阿丽有点害怕,扯扯阿牛的衣角说:"阿牛哥,这个太婆会不会是个疯子? 我们走吧!"

阿牛也害怕起来,回头朝小伙伴们使了个眼色,拉起阿丽就准备走人。

谁知太婆却一把把阿牛拉住了,几乎是央求地说:"等等,我给你们好东西!"她颤颤巍巍地转身进屋,很快就拿着一个漂亮的盒子出来。这里面会是什么宝贝呢? 小伙伴们被吸引住了。

太婆哆哆嗦嗦地打开盒子,谁知里面还有一个更小的盒子,而且更加漂亮;再打开这个漂亮的小盒子,里面竟然是一个造型特别可爱的彩色塑料袋。"这里面到底是什么呀?"小伙伴们忍不住都急切地凑了上去。

太婆伸着她那双抖抖索索的手,好不容易才把塑料袋打开,只见里面是一个用年历纸包得整整齐齐的小纸包。小伙伴们看得眼睛都快爆出来了,直到太婆小心翼翼地把小纸包打开,他们才看到纸包里包的竟是十几颗红兮兮的东西。

太婆把它们拿出来,给每个娃子分了一颗:"吃糖,吃糖。"

哦,这是糖? 它只用薄薄的红油纸包了一层,油纸看上去都褪色了,糖像是很多年以前的东西。

阿丽像触电一样尖叫起来:"这糖不能吃的,太脏了!"她一边嘴里叫着,一边就把手里的糖往雪地里一扔。

也有娃子舍不得扔,想赶快撕了糖纸吃下去,可没想糖纸却像粘过胶水似的,剥也剥不开。阿丽见了朝他们大声嚷道:"这糖你们还想吃?等会虫子在肚子里爬,要疼死的!"

那几个娃子一听害怕了,于是也纷纷把糖往雪地里扔。

这时候不知是谁喊了声:"走啊,快走啊!"没等阿牛招呼,他们就一哄而散了。太婆直勾勾地看着这些离她而去的娃子们,眼神很怪异。

阿丽拉起阿牛的手也要走,突然,阿丽发现阿牛手里竟然还捏着太婆给的糖,顿时惊叫起来:"阿牛哥,你怎么还不把它扔了?"

阿牛不好意思扔,他虽说顽皮,可一直是个懂礼貌的孩子,他觉得太婆是长辈,当着长辈的面扔东西总是不好的事。

走回姐姐家里,阿牛没有马上进屋,他站在门口扭头一看,看见太婆佝偻的背影,正蹲在家门口的雪地上,一颗一颗在捡小伙伴们扔在那里的糖,一边捡,一边似乎还在用手擦眼睛。阿牛猜想,太婆一定是在伤心地哭。

姐姐见阿牛进了屋,阴沉着脸问他:"到哪里疯去啦?太婆给的糖呢?"

阿牛低着头,用眼角瞟了一下先进屋的阿丽,只见阿丽躲在一边直朝他眨眼睛。阿牛极不情愿地把手里的糖给姐姐看,谁知姐姐一把抢过去就狠狠地朝门外扔去。

那一天,说是去姐姐家拜年,结果姐弟俩却不欢而散。

数年后,阿牛考上了省城一所重点中学。那年春节回家,姐姐的儿子已经四岁了,阿牛去姐姐家拜年的时候,小家伙见了阿牛就忙不迭地喊"舅舅",还给阿牛磕头说:"舅舅新年好。"喜得阿牛把手提包里准备的瑞士进口糖全掏了出来。

不知为什么,阿牛突然想起那年给太婆拜年的事情,便抓了一把糖想给太婆送去。姐姐摇摇头,叹了口气,告诉阿牛说:"太婆去年已经'走'了。"

阿牛一听,不免有点伤感。

姐姐颇有感慨地说:"唉,太婆可怜啊!当年我真不应该,不应该那样……"

从姐姐断断续续的叙述中,阿牛终于知道了事情的原委。

原来太婆很早就死了丈夫,没隔几年,儿子、媳妇又在进城路上被车撞死,从此太婆就和孙子阿毛相依为命。那时候,每到过年,阿毛也像阿牛他们当初一样,到处去给长辈拜年,可以得到不少糖果,懂事的阿毛自己舍不得吃,把糖果都给奶奶。可那一年刚过完年,不知怎么阿毛得了伤寒,没能挺过去,眼睛一闭就"走"了。这以后,村里人就觉得太婆晦气,克夫、克子又克孙,所以都暗地里嘱咐自家孩子不要去她家,尤其是过年时。这一来,姐姐怀孕时当然就不让阿牛他们去太婆家拜年了。

阿牛心里感慨万分:难怪每逢家家户户团团圆圆过大年的时候,太婆家会紧闭房门;那年太婆给的那些红兮兮的糖,肯定就是老人家一直收藏着的当年她孙子拜年得来的糖;那年小伙伴们去给太婆拜年,是给她枯萎的心带去了新的希望,可随着一颗颗糖被扔到雪地里,太婆的心又一次碎了……

想到这里,阿牛捧起一把糖,来到太婆原本住的那座泥巴房前。姐姐说,因为太婆生前已经无亲无故,所以她死后房子就充公了,现在成了村里堆放杂物的地方。

雪依然下得很大,阿牛把糖果轻轻地放在雪地上,心里默默地说:"太婆,请原谅我当初的无知,这几颗糖请您带去天国给您的孙子阿毛吃吧,愿你们也能过一个团团圆圆的新年……"

(李 妮)

(题图:安玉民)

平 安 果

　　年终岁尾,民政部门为了加大对城市流浪人员管理救助工作的力度,把一部分科室人员也派上了街,老何就是其中之一。临行前,科长特别嘱咐老何他们说:"最近发生过好儿起成年女子教唆小孩对行人死缠硬讨的案例,你们如果发现这种情况,一定要顺藤摸瓜,及时报告。"

　　老何领命来到街上,一路走一路观察,并没有发觉科长说的情况,反而是街上的气氛很有些喜气洋洋,特别是年轻人,更是活跃。他不免觉得奇怪,一想,哦,明天就是洋人过的圣诞节,今夜是平安夜呀,难怪喜欢新潮的年轻人看上去显得那么兴奋。

　　仿佛是受这种气氛的感染,老何走路的脚步也轻快起来。但走到天桥附近的时候,他心头猛地一抽!原来,他看到一个十岁左右的小女孩,正跪在人行道上向过往路人磕头乞讨,小女孩面前还放着一张纸,上面写满了字。

老孙快步走过去,一看,纸上的笔迹歪歪扭扭,写着:父亲遭车祸去世,母亲又病得很重,请各位叔叔伯伯、阿姨婶婶可怜可怜我,我要凑钱给母亲治病。

这些话,都是乞讨人的惯常用语,老孙看了不屑一顾。但是那小女孩的模样,倒是怪可怜的,破衣烂衫,脏兮兮的小脸冻得通红,一串清亮的鼻涕挂在鼻尖下摇摇欲坠,跪在那里瑟瑟直抖,走过的路人谁要是往她面前的搪瓷缸里扔上几个叮当作响的硬币,她就忙不停地给人家磕头。

这时候已临近中午,天气越来越冷,而且还飘起了雪花,有一对老年夫妇正好走过这里,看到小女孩这个样子,赶紧从手里捧着的纸袋里掏出一个红彤彤的大苹果,放在小女孩面前,然后摇着头叹息着走了。

只见小女孩伸出黑乎乎的小手,拿起苹果,放到鼻子底下贪婪地闻起来,闻着闻着,就把苹果移到了嘴边。她正要张嘴咬下去,却突然闭上嘴,使劲咽了口口水,然后就小心翼翼地将大苹果塞进破棉袄兜里,收起搪瓷缸里那一点硬币,身体晃了几晃,挣扎着站了起来。

老孙以为小女孩是因为跪得时间长,腿麻了站不起来,等她站起来一看,才发现小女孩身下压着一根拐杖,原来她是个残疾人!看着眼前的这一切,老孙耳边想起了临行前科长的叮嘱,他顿时怒火中烧,发誓一定要把威逼小女孩出来乞讨背后的黑手揪出来,严加惩处。

于是,老孙悄悄跟在小女孩后面,准备按科长要求的,"顺藤摸瓜"。

当走到一个垃圾箱旁边时,老孙看到小女孩停住了脚步,探身在垃圾箱里翻拣起来,等她再起身时,手中竟多了一束已经差不多枯萎了的花。小女孩对着那束花看了一会儿,三下两下将扎在上面的彩条和包装纸拆下来,然后摸出衣兜里那只大苹果,把它用包装纸包起来,又用彩条在上面扎了个漂亮的蝴蝶结。看着这个突然变漂亮了的大苹果,小女孩开心地笑了!她将打扮好的大苹果往挂在胸前的搪瓷缸里一放,然后一瘸一拐地又继续向前走去,一直走到一处工地边,小女孩停住了脚步。

老孙发现那里有一截躺倒在地上的大口径水泥管,管子里躺着一个盖着破棉被、已经病得奄奄一息的中年女人。听到小女孩拐杖叩地的声音,那女人艰难地抬起头来,用微弱的声音问道:"是平安回来了吗?"

小女孩跪下身子,大声欢叫着:"妈妈,你看我给你带什么东西回来了?"小女孩"呼"地一下从胸前的搪瓷缸里把大苹果拿出来,捧到女人面前,"妈妈,我给你带大苹果回来了,你快吃吧,我都闻过了,可香啦!"

女人挣扎着从水泥管里探出身子,她伸手抚摸着小女孩的脸蛋,说:"大苹果真漂亮,和平安一样漂亮,还是给平安吃吧!"

"你吃,妈妈,吃了它,你的病就好了。都怪平安没本事,要不来钱给你治病。"小女孩的声音里带着哭腔,她跪在地上,两只手捧着苹果,硬是把它塞到女人手里。

看到此情此景,老孙再也控制不住自己了,他一步冲到女人面前,大声吼道:"多好的孩子呀,你怎么忍心让她出去讨钱?"

小女孩看到突然出现的老孙,像只受惊的兔子,一边往女人怀里钻,一边惊恐地对老孙说:"不是妈妈逼我去的,你别错怪我妈妈。"

老孙决定先把她们母女俩带回去再说。

女人一听说要带她们走,脸上不觉露出了欣慰的神色,对老孙说:"你别管我,先把这孩子带走吧,这下好了,平安以后有家了!"

老孙一听，丈二和尚摸不着头脑："难道你们不是一家？怪不得你能狠心逼她上街要钱呢！"

老孙话一出口，女人不由长叹一声道："这孩子命苦！唉，说来话长啊！"女人向老孙道出了事情的原委。

原来，小女孩的父亲确实惨遭车祸身亡，母亲不久就改嫁了，小女孩便跟着叔叔生活。可狠心的婶子嫌小女孩碍事，把她撵了出来，小女孩无家可归，只好到处流浪，也不幸遇上车祸，被撞瘸了腿，幸亏后来遇上这个好心的女人，小女孩就认她做了干妈，从此两人相依为命过日子。这小女孩最初连个名字都没有，女人便给她取名"平安"，希望这个可怜的孩子今后能一生平安。可是没曾想，不久以后女人自己就病倒了，这一来反而拖累了小平安。

小平安这个孩子非常懂事，哭着对老孙说："不治好妈妈的病，我哪儿也不去，我要讨钱给妈妈治病。"她一边说，一边紧紧搂着女人的脖子，哭得很伤心。

老孙看女人确实病得不轻，不忍心扔下她不管，他想了想，就去附近工地上找了辆平板车，载着这母女俩朝附近医院奔去。

到了医院，老孙让小平安在门口守着车，他自己背着女人进了医院。医生一检查，说女人需要住院治疗，这下老孙傻了眼，他身上就带那么点儿钱，怎么够替女人交住院押金？他想赶回去和科长商量想办法，走到医院门口一看，小平安身边围着一大群病人家属，正在议论她捧在手上的那个漂亮的大苹果。

一个胖乎乎的小男孩好奇地问："小姐姐，你的苹果叫什么名字？"

小平安想了一会儿，说："它是我把它打扮起来的，我的名字叫平安，那它就叫'平安果'吧！"

小男孩又说："那么，小姐姐，你能把这个平安果送给我生病的妈妈吗？我想保佑她平安出院。"

小平安看了看大苹果，似乎有点舍不得，可突然又朝小男孩点点头，说："就送给你吧，让这个大苹果保佑你妈妈平安出院！"

周围人一听小平安这么说，忍不住纷纷问她："小姑娘，你这苹果名字起得好，还有吗？我们要买你的平安果去送给病人，讨个好彩头！"

小平安听大家这么问，一时愣住了。

老孙在一旁灵机一动，立刻大声替小平安回答："有，我们还有好多这样的平安果，你们等着，我去拿。"老孙说罢，飞快地去附近商店批发了一大箱苹果，又买来漂亮的彩带和包装纸，然后跑回医院，就在那辆平板车上和小平安一起将苹果包装起来。

人们都好奇地追问平安果的来历，老孙就向他们讲述小平安的故事。不少好心人听了很感动，纷纷为小平安捐钱。这样，到夜幕降临时，女人住院所需的钱已凑得了大半。

老孙直到把小平安母女俩都安顿好了，才踏着夜色走出医院。一路上，他突然发现，医院附近大街小巷的水果摊上，竟然都摆上了小平安"发明"的平安果，给漫漫黑夜带来了一股浓浓的人情味……

（孙秀利）

（题图：杨宏富）

钱是啥味道

开学第一天，班主任鲁老师正在教室里忙着给学生们发新书，忽然，财务室的小杨把他叫出了教室。

小杨对鲁老师说："你们班赵小雨的妈妈太不像话了，交学费居然把假币交来了。孙科长说，让你赶紧过去看看。"

鲁老师一听小杨这话愣住了：赵小雨妈妈怎么这么糊涂，竟做出这种事来？影响多不好。说起来，赵家生活的确困难，赵爸爸早就下岗了，现在在街上蹬人力车，赵妈妈在街头摆鞋摊，一家人就这么对付着过日子。会不会是他们在外面收了假币自己还不知道，把它交来了呢？鲁老师觉得一定要先把事情原委搞清楚，自己身为班主任，要尽量维护学生的尊严。

鲁老师急急地跟着小杨来到财务室，这时候赵妈妈正在跟孙科长争执着什么。鲁老师上前一问，才知刚才赵妈妈来交学费，小杨把钱收下之后就锁进抽屉，并给她开了收据，这时候，正好孙科长要去银行，小杨就把抽屉里的钱拿出来，请孙科长带去银行存起来，谁知孙科长在点钱的时候，发现了一张一百元的假币，因为赵妈妈是最后一个交钱的，而那张假币就在最上面，所以孙科长认定，这钱是赵妈妈交来的。

鲁老师弄明白是这么回事后，就对小杨有点不满意了：你收钱的时候为什么不仔细看？现在钱都收了，又塞进了抽屉，怎么就判定这假币一定是赵妈妈交来的呢？

但碍于同事关系，鲁老师不好说什么，他只能对赵妈妈说："大姐，别着急，你再想想，这钱是不是你的？"

赵妈妈用满是老茧、还贴着胶布的手揉了揉通红的眼睛，说："鲁老师，你知道，我们家来钱不容易，哪一张钱收下来的时候都是看了又看的，就生怕收了假币。天地良心，我发誓，这假币真不是我的！"

孙科长却在一边冷笑说："你发什么誓呀？我们不信这个。你要不承认，就让赵小雨来！"

鲁老师一听急了："不能让赵小雨来！"他对孙科长的态度很生气，"这事跟赵小雨没关系！再说，还不一定是他妈的错呢！"

鲁老师这番话出口，赵妈妈的眼睛更红了，她感激地看了鲁老师一眼，一咬牙，对孙科长说："不能让我们小雨来！算了，这钱我赔。"说着，她掀起外衣，从贴身衣兜里摸出一个小布包。

赵妈妈刚要往布包里掏钱，财务室门口突然响起一个声音："妈妈，别，你别急着赔钱。"只见赵小雨从财务室外冲了进来！刚才赵妈妈和孙科长争执的时候，班里一个同学正好路过看见了，赶紧回教室告诉赵小雨，赵小雨赶来了。

赵小雨问孙科长："老师，你说我妈妈交了假币，这张假币在哪儿？"

孙科长朝桌上努努嘴。

赵小雨拿起一看，随后把它拿到鼻子底下嗅了嗅，斩钉截铁地对孙科长说："老师，这钱肯定不是我妈妈交的。"

孙科长鼻子里轻轻"哼"了一声，说："你凭什么说不是就不是了？你是她儿子，自然帮她说话了。"

赵小雨一听孙科长这话，神情显得很激动，瞪着两只圆圆的眼睛大声嚷道："老师，你说得不对！我妈妈的钱是啥味道，我能嗅出来。"

这时候，财务室的门口和窗下，已经围满了闻讯而来的赵小雨班里的同学们。孙科长用手指指屋里屋外的人，说："这学生的话奇了，钱能有什么味道？他说他能嗅出他妈妈的钱来，这话谁相信？哈哈，真是笑死人啦！"

这时，赵小雨脸涨得通红，眼眶里噙满了泪，他倔强地转向他的班主任，说："鲁老师，我想请你帮我做一个试验，行不行？"

鲁老师正想着要用什么办法来妥善处理好这件事情，听赵小雨这么说，立刻就点点头。

赵小雨又对孙科长和小杨说："两位老师也可以参与这个试验——我妈妈这个装钱的布包还没有打开，我不知道里面有多少钱，更不知道里面有几张什么面值的纸币。但是你们可以先把布包里钱的号码记住，然后再把它们和你们的钱混在一起，我能嗅出其中哪几张是我妈妈的钱。"

赵小雨话一出口，鲁老师吃了一惊：这怎么可能呢？赵妈妈的钱数额不大，但张数却很多，大部分是一块二块、一毛二毛面额的纸币。但为了给赵妈妈讨回公道，鲁老师同意了赵小雨的请求，他立刻拿出纸和笔来，和孙科长、小杨一起，把赵妈妈布包里那些纸币的号码——记了下来，然后把它们和其他纸币混在一起。做这一切的时候，赵小雨特地让孙科长用一块黑布把他的眼睛蒙起来。

接着,鲁老师把一大堆钱放到赵小雨面前,要赵小雨辨认。

赵小雨说:"鲁老师,我不用手摸,我想让孙老师把钱一张一张放到我鼻子底下,我嗅出来如果是我妈的,这钱就交给鲁老师;如果不是的,就交给杨老师。"

孙科长根本不相信赵小雨真能嗅出钱的味道来,他立刻应允着走上去,一张一张把钱放到赵小雨鼻子底下让他嗅。赵小雨嗅得很快,不一会,厚厚一堆钱就分成了两叠,孙科长亲自验对刚才的记录号码,不由惊呆了:赵小雨果真用鼻子把他妈妈交来的钱分辨出来,都是零票,恰好一百元。

围观的同学们朝赵小雨欢呼起来,掌声如雷。

孙科长傻了,好半天才反应过来,问赵小雨:"你……你妈妈的钱怎么会有味道呢?你是凭什么嗅出来的?"

赵小雨的眼圈红了,对孙科长说:"我妈妈常年在街上摆摊,风吹雨淋,患上了严重的风湿病,为了省钱,总是买那种最便宜的风湿膏,身上几乎贴满了,所以妈妈身上总有一种风湿膏的味道。她挣钱不容易,每天哪怕赚来一点点,都小心翼翼地藏在身上,所以……所以妈妈的钱,就总有那种风湿膏的味道……"

赵小雨说完,已经是泪流满面。

赵妈妈抚摸着他的头,颤声道:"好孩子,妈没能让你过上好日子,妈对不住你……"

"不!"赵小雨一把抱住他妈妈,大声哭喊道,"妈妈,你永远是我的好妈妈!"

这时候,孙科长惭愧得简直无地自容:"大姐,我对不起你……"

赵小雨"嗅钱"的事情传开后,第二天,财务室门缝里塞进了一封信,是那张假币主人的忏悔信,里面还夹着一张百元新钞……

(一 冰)

(题图:王申生)

你能给我拍张照吗

　　去年,建军携女友回老家举行婚礼。

　　婚礼第二天,建军带着新娘在村里村外转了一圈,新娘觉得这里的风景真不错,就兴致勃勃地要建军好好为她拍几张照片。建军于是便忙开了,撑三角架,调试镜头,"咔嚓咔嚓"一张又一张,把心上人的每一个精彩表情都摄入镜头,定格成了永恒。

　　两个人兴趣正浓时,他们突然发现有一个衣着陈旧的老太婆一直悄悄跟在后面,有好几次甚至还不合时宜地闯入镜头,新娘浪费了表情不说,拍照的情绪都被搞没了。

　　建军不由火了,定睛一看,老太婆原来就是住在村口老槐树背后破祠堂里那个专门替人牵线做媒的张媒婆。他不由朝张媒婆嚷了一句:"你给我闪一边去!"

张媒婆被建军这一嚷,像做了错事一样,立刻一声不吭地躲开了,可是建军发现,她的眼睛一直在新娘身上不停地打转。

新娘气呼呼地对建军说:"我不拍了。"

建军被张媒婆这么一搅,自然也没了兴致,于是收起相机就准备回去。

就在这个时候,张媒婆突然开口对建军说:"娃子,你……你能给我拍张照吗? 和……和你新娘一起拍张照?"

建军一怔,这才明白:原来张媒婆是想和新娘照相呢! 他便把征询的目光投向新娘。

建军的新娘是大城市的千金,平时被爹妈宠惯了的,哪里容得下张媒婆这个样儿呀? 她狠狠瞪了张媒婆一眼,气冲冲地抛下一句话:"凭什么要我和她拍照?"说罢就头前走了,建军只好跟了上去。

建军本以为这件事儿过去就过去了,可谁知几天后,他和新娘回城,经过村口老槐树下那座破祠堂门前时,突然张媒婆从树后闪出来,麻利地卸下肩上的小背包递给建军,说:"娃子,拿着。"

建军一愣,心存疑虑地看着她。

张媒婆见建军不接,忙打开包,只见里面是两双崭新的绣花棉布鞋和一包颗粒硕大的红枣干。

张媒婆对建军说:"娃子,我没啥好东西送你,就赶着纳了两双布鞋。红枣是自个儿家的,不碍事。"

张媒婆脸上流露出的真挚表情把建军感动了,建军知道,这点东西对他们来说根本不算什么,但却是一个农村老太婆能拿得出手的珍贵的礼物了。

张媒婆把东西塞到建军手里,吞吞吐吐地说:"娃子,你……你能给我拍张照片吗?"

哦,说到底她还是要建军给她照相。唉,也难怪,这穷乡僻壤的,拍照真非易事啊,或许日子过得紧巴巴的张媒婆,一辈子也没机会照一次相呢!

建军不禁动了恻隐之心,把相机从挎包里取了出来。

张媒婆顿时感动得泪水一下就涌了出来,她不停地用手将头上的乱发捋顺,接着又扯上衣、拉裤腿,嘴里忙不迭地对建军说:"娃子莫急,娃子莫急,容我再收拾收拾。"

建军嘴里连连应着声,手却偷偷按了一下快门,想把张媒婆的窘相摄入镜头,但恰恰在这个时候,他发现相机里的胶卷用完了。

看到站在风中不停地左拉右扯整理自己衣服、对拍照充满了期待的张媒婆,建军心里不禁内疚起来。可他马上又安慰自己:一个乡下老太婆,拍了照也没人看,让她在照相机前尝个新鲜就行了。想到这里,建军便开始装模作样地帮张媒婆摆起姿势来,然后不停地按空门。

随着闪光灯接二连三地跳动,张媒婆的精神一次比一次抖擞,眼中闪着的泪花一次比一次莹亮。在建军按了十几次空门后,张媒婆又小心翼翼地试探着对站在一边看风景的建军的新娘说:"闺女,我能……能和你照张相吗?"

建军的新娘撇撇嘴,正要开口说什么,建军见状急忙跑上去,附着她耳朵悄悄说:"没胶卷了,你就在她身边装装样子吧!"

大概是新娘觉得这事儿有点好玩吧,竟捂嘴一笑,挺高兴地点头答应了,她往张媒婆身边一站,立即摆出了各种姿势。张媒婆见新娘今天这么爽快,惊喜万分,脸上露出的笑容犹如一朵绽放的向日葵,她嘴里不停地叨叨着:"谢谢好闺女,谢谢好闺女!"

一番忙碌后,张媒婆把建军拉到一边,用衣角擦去眼睛里晶莹的泪花,对他说:"娃子,你啥时候能把照片寄回来呢?"

"这个呀……"建军没想到张媒婆居然对照相会真的这么认真,不禁愣了愣,搪塞道,"我回去冲印好了马上就给你寄。

嗯……过年之前你应该可以收到的吧!"建军心里想的是:等到过年,她忙前忙后,或许早把这事儿给忘了。

谁知张媒婆听建军这么一说,简直高兴得像个小孩子:"哦,这就好,这就好。"

话说建军带着新娘回城后,一直陶醉在新婚的甜蜜之中,哪里还记得给张媒婆寄照片的事,况且也没什么照片可寄——本来嘛,当时按下的都是空门。

等他再次回老家,已经是第二年春节之后了,那时候,新娘已经都快要做母亲了,所以建军是一个人回的老家。

来到村口老槐树下时,建军惊奇地发现,树背后那座破祠堂已经变成了残垣断壁,他突然想起了那个张媒婆,想起了当初张媒婆让他拍照的事。张媒婆不是原先住在这里的吗?她现在到哪里去了?

回家后,建军随口问起母亲,谁知母亲竟告诉他说:"村里把老祠堂扒了,打算在那儿盖个新祠堂……你说的那个张媒婆,几天前刚刚去世。"

张媒婆去世了?面对这个骤然而至的消息,建军心里突然涌出了对老人的一丝内疚。

母亲说:"这个张媒婆呀,临死前还真有点怪异。年前那十来天,她天天都要站在那棵老槐树下等。一开始谁也不知道她在等什么,后来才知道,她是在等她儿子给她寄东西。听村长说,她儿子出去打工,因为嘴豁,样子难看,没厂子肯收留他,情急之下,他儿子竟干起了抢劫的坏事,被公安抓了。她没钱去看儿子,就只有每天在老槐树下等她儿子的信。偏偏年前那几天下大雪,送信的一直没来,她就一直这样等,谁劝也不肯离开,就这样受了风寒病倒了,没几天就死了……唉,说起来那张媒婆也实在是摸不透,有几次她顶着风雪跑到咱家来,说是要看你拍的结婚照,每次来还都要盯着问有没有她的照片寄来。这个老媒婆,也不知道是哪根筋出了毛病,咱家哪会有她的照片啊……"

母亲喋喋不休地说着,建军的心却"咯噔"紧了一下。建军赶紧问母亲:"那张媒婆的儿子现在怎么样了呢? 他知道张媒婆去世的消息了吗?"

母亲叹了口气,说:"她儿子也死了,据说是越狱的时候被打死的。张媒婆想去监狱看她儿子,可没钱,她自己岁数也大了,身体又不好,于是就想给儿子寄张她的照片,省得儿子惦记。张媒婆也真想得到,她居然还骗儿子说,已经在家里为他物色了一个对象,她会把和未来儿媳一起照的相片在过年之前寄给他,她让儿子在监狱里好好改造,争取快点回家。开始,她儿子还信她的话,听说在监狱里表现很积极。可后来等来等去一直没等到照片,儿子这才知道张媒婆在骗他,就越狱了,又拒捕,结果被管教干部一枪打死。"

听着母亲的述说,建军久久说不出一句话来。此刻,他才体会到了张媒婆要拍照,尤其是要和新娘一起拍照,其中所饱含着的深情和渴望,也终于明白张媒婆为什么会一次次闯入他们的镜头,她是要以此来拯救她唯一的儿子啊!

(叶兴建)

(题图:王申生)

为 善 最 乐

"勿以恶小而为之,勿以善小而不为。"为善的乐,就是让人偶尔想起的那温暖清新,点点滴滴如春风化雨,沁人心脾。

难忘师恩

那是在 1972 年美国总统尼克松访问中国之后,京北突然心血来潮,想学英语。但是那时,学校里根本不开外语课,广播电台虽然刚刚开始播出英语课程,可是谁家里有收音机呀?学英语对于一个农村孩子来说,真不亚于去天上摘星星。

京北的爹是大队革委会主任,京北灵机一动,便求爹在有线喇叭里转放电台播出的英语课程。可是爹一听就摇头,对京北说:"你这是要我找死啊!大喇叭一响,人人都能听到,要是有人说我放敌台,我就是有三十六张嘴也说不清呀!"

京北见爹一口回绝,很沮丧。

爹看京北那样子,想了想,说:"我替你想个法子吧,你要真想学,倒是有一个人能教你。"

京北问："谁?"

爹说："陈奕人。"

京北一听"陈奕人",差点叫出声来:天,爹怎么会想到他的?

这个陈奕人,是被城里的红卫兵押到乡下来接受贫下中农监督改造的,就住在京北家里,听说他以前是教英语的老师,不过京北从来没有和他说过一句话。可是现在京北想学英语,方圆百里,看来只有找他了。

当天吃过晚饭,京北来到陈奕人住的西厢房,拍拍门,叫道:"陈奕人!"

京北话音刚落,陈奕人就"噌"地把门打开了,战战兢兢地问:"革命小将,有什么指示?"

京北想笑又不能笑,板着脸问他:"你会英语吗?"

陈奕人一愣,摇摇头说:"不,我不会。"

"不会?"京北不相信地瞪大了眼睛,"你要是撒谎,就是与无产阶级对抗。"

陈奕人一听京北这话,吓得腿一打颤,连忙纠正说:"报告革命小将,我……我过去会一点,可是现在全忘记了。"

京北一听他说"过去会一点",知道有门儿了,就说:"那好,从明天起,你教我学英语。"

谁知陈奕人一听京北说要他教英语,脸涨得通红,着急地说:"报告革命小将,我现在真的忘记了,我……我……我不能再散布资产阶级的东西了。"

京北见他这副磨磨蹭蹭的样子,不由火了,大声吼道:"你老实点儿! 什么资产阶级东西,英语这玩意儿,咱无产阶级也要占领。你难道想顽抗到底吗?"

京北如此上纲上线,陈奕人自然不敢再吱声了。

京北于是便命令道:"今天你先做准备,明天就正式开始教我。"说罢,威武地转身离去。

第二天,京北第一次走进了陈奕人住的西厢房。他看到陈奕人的全部家当,除了一床薄薄的被子、一只掉了瓷的脸盆和一只破纸箱子外,就是那个外壳贴了橡皮膏的小收音机了。

陈奕人从破纸箱里翻出一个英语本本,递给京北,京北一看,是清华大学内部印的英语课本。陈奕人对京北说:"找不到别的课本了,我就用这个教你吧!"

就这样,从 ABCD 开始,京北每天跟着陈奕人学起了英语。让京北感到别扭的是,每次上课,京北坐着,而陈奕人则总是站在他面前。有时候京北看他年岁大了,让他坐,他总是诚惶诚恐地说:"习惯了,我习惯了。"

不过,别看陈奕人平时见了京北就像老鼠见了猫似的,可一遇到京北读错音、拼错单词的时候,他就会倒竖眉毛,急急地大声骂他:"你怎么这么笨?"可是一骂完,他又觉得自己走了嘴,赶紧给京北赔礼道歉:"我该死,我不能对革命小将这个态度。"

京北爹知道陈奕人在教京北学英语后,就找了个借口,说要陈奕人系统写检查,由他自己亲自监督,这样陈奕人就可以不怎么下地干活,有更多的时间教京北学英语了。

时间过得很快,一晃就过去了将近一年。这天,县上突然来人将陈奕人带走了。事儿发生得很突然,陈奕人走时都没来得及和京北他爹打招呼。他这一走,究竟是福是祸,村里人议论纷纷。

陈奕人才走没几天,京北心里就油然升起对他的一丝挂念,他决定按着陈奕人先前教的,自己继续学下去。后来,随着高考制度的恢复,京北对自己的外语能力充满了信心,他毫不犹豫填报北京外语学院。

笔试通过后,是口试。一番问答之后,一个考官问京北:"你的口语是跟谁学的?"

京北刚要说出当初跟陈奕人学英语的事,但转念一想,不知陈奕人现在情况怎么样,可不能因为受他问题牵连而上不成学呀,于是便回答说:"我是自学的。"

考官朝京北微微一笑,说:"是这样的……我们主任看过你的材料,想见见你。请你随我去一下。"

京北心里一阵忐忑:主任为什么要特别见我呢?

他随考官来到主任办公室,一进门就愣了:大办公桌后面坐着的不是别人,竟是当初教他英语的陈奕人。

陈奕人看京北愣在门口不动,冲他笑笑说:"京北老师,赶快进来,坐呀!"

陈奕人称京北老师?京北不由回头看,发现陪他来的那个考官已经退出去了,面对陈奕人的,除了他,没有别人,他更加愣住了。

这时候,只见陈奕人站起身走过来,亲切地拉着京北,仔仔细细地问他村里的变化,问他爹的近况。

京北一一作答后,不解地问:"陈……主任,你……你刚才怎么叫我老师呢?"

陈奕人沉默半晌,说:"你是我的老师,这一点不为过。那年你找我学英语时,是我思想最苦闷的时候,我不止一次地想到死,是你让我意识到知识其实并没有过时,中国还有希望,是你让我最终放弃了自杀的念头。这是一个原因。第二个原因,是因为当时我几乎已经荒废了专业,是你让我捡回了它,让我今天有能力重新走上工作岗位。从这个意义上讲,你不就是我最好的老师吗?"

陈奕人说着,在办公桌上一张已经展开的宣纸上,"刷刷刷"饱蘸浓墨挥笔而就四个大字:难忘师恩。他郑重地把这张题字赠给京北,说:"留给你做个纪念吧,我永远感谢你。"

京北的眼眶湿了,鼻子一酸,朝陈奕人恭恭敬敬鞠了一个躬,声音颤抖地说:"陈老师,真正要说'谢谢'的,应该是我呀!"

（范大宇）

（题图:黄全昌）

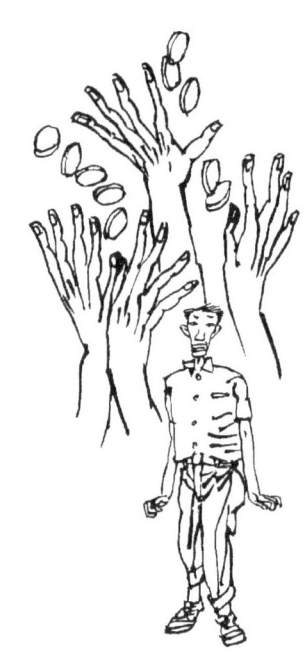

五毛钱

这件事发生在去年秋天。

这天课间,同学们"叽叽喳喳"地在教室讲台前排起了长队,交本学期的资料费,这是班主任吴老师前一天放学时通知大家的,资料费一共是九十九元五角。

王强同学也排在队伍里,不过此刻,平时生性好动的他却闷闷地排在那里,心里满是涩涩的滋味。为啥? 他手里捏着的那张皱巴巴的一百元钱,来得实在太不容易了。

王强家在农村,爹娘都是脸朝黄土、背朝天的庄稼人,昨晚他是鼓足了勇气才向他爹开口要钱的。当时,爹长长地叹了口气,什么也没说,没想今天早上,爹却抖抖索索地给了他这张皱巴巴的钞票,对他说:"这钱是昨晚去村主任家借来的,你去学校把钱交了，找回的五毛零钱就留着买饭吃吧，家里再穷，也不能委屈你。"

看着父亲憔悴的脸，王强心里酸酸的，眼泪差点流下来。今天中午他就没钱买饭了，爹说五毛零钱给他，正好解了燃眉之急。

王强正沉沉地想着这些事，只听吴老师朝大家喊了一声："同学们，请大家安静一点，排好队一个一个来！"说完，就拿出登记本，开始收钱。

排在队伍第一个的是班长赵亮，他递给吴老师一张百元大钞，吴老师一边在登记本上"赵亮"的名字旁画钩，一边说："好，赵亮，找你五角。"

可是赵亮却朝吴老师摇摇手："吴老师，不用，不用找！"

"等一等，赵亮……"吴老师大声喊赵亮，可赵亮早一溜烟跑出了教室。

第二个同学也学赵亮的样，把一百元钱往讲台上一放，说了声："吴老师，五角钱不用找了！"也跑出了教室。

王强心里顿时一沉，悄悄地前前后后往队伍里打量，发现几乎所有同学手里捏的都是一百元的整票，再留心注意，接下去交钱的同学都没要吴老师找零。王强心里不由"咚咚咚"地打起了鼓：我怎么办？我不要的话，中午就得饿肚子；可大家都没要，我又怎么能要呢？

王强正胡乱思忖着，眨眼就排到了讲台前，刹那间，王强的脸涨得通红，就在吴老师给他找零的一瞬间，他狠狠心，也朝吴老师喊了声"不用找"，拔脚跑出了教室。

课间休息很快就过去了，手脚利索的吴老师也利用这个时间把同学们的资料费收齐了。

接下去的语文课，任课的正是吴老师。吴老师在讲台上讲得神采飞扬，可讲台下的王强却老走神儿，总想着即将面临的午餐问题。

就在离下课还有五分钟的时候,吴老师突然停止了讲课,对大家说:"同学们,现在我要利用最后几分钟时间,讲一讲刚才课间收资料费的事情。首先,我要表扬大家,没有一个同学拖延交款,这非常好。但是在交款过程中,出现了一个问题,我们这次资料费是九十九元五角,而你们每个人交给我的都是一百元一张的钞票,应该找的五角钱,你们谁都不拿,是不是想贿赂我呀?"

"哈哈哈哈!"同学们被吴老师这话逗乐了。

吴老师随即话锋一转,说:"我可不想当贪污犯,所以现在就把找零发还给大家。同学们,请你们记住,讲真话,做真人,就从这五角钱开始!我可不愿意我的学生以后个个都变成戴着假面具的陌生人呀!"

吴老师说完,就挨桌儿把五角钱发还到每一个同学手中,发给王强的时候,还使劲儿拍了拍他的肩膀。

王强只觉得一股暖流涌遍全身,刹那间,他觉得自己明白了一个道理。

(彭永贵)

(题图:魏忠善)

没有忘记你

周市长回山里的老家看望母亲,吃过晚饭,见大雪越下越紧,便匆匆返回市里。

雪夜路险,行车最是不爽,车到牯牛岭,吼叫了半天,才醉蛇似的爬上坡。周市长惊出一身大汗,见车没熄火,松了口气,便脱了皮大衣,让司机把车停在路旁,打开车门,下车方便。

不料一阵该死的狂风突然偷袭过来,把周市长推了个趔趄,只听身后"砰"的一声,他回头一看,车门被大风一吹,重重地关上了,紧接着车子竟然开动起来。坏了,一定是车里的司机听到关车门声,以为是周市长上了车。

周市长慌了:这么恶劣的天气,司机肯定一门心思盯着路面朝前开车。于是他赶紧追上去,挥手喊停车,可车里的司机哪听得见他在车外呼叫？在这大雪纷飞的山路上，那车一拐弯就没了影。

周市长顿时傻了眼，司机知道他爱在车上睡觉，从不打扰，雪夜开车注意力更集中，看来不到家是不会发现把周市长丢了的。打司机手机吧，偏偏手机放在大衣兜里，大衣搁在车后座上。

怎么办？周市长抬腕看看手表，刚 8 点，就是司机把车开到家发现后再回头来找他，到这儿最快也得二三个小时。天寒地冻的，他哪里招架得住？要是运气不好，遇上过路的野兽或劫道的人，后果更可怕。

周市长正着急，突然看见车灯一闪，一辆盖着"雪被"的轿车扭着屁股从坡下爬上来，他定睛一看车牌号，真凑巧，是市里的车。周市长立刻挺直腰板，挥手示意对方停车。谁知那车缓缓开到周市长跟前时，猛地加速，"哧溜"一声兔子似的贴着周市长身边蹿过，溅得他一身泥水。

周市长真是又气又急，只好再眼巴巴地望着坡下等待机会，可十几分钟过去了，连个车影也没见。就这么点工夫，周市长眉毛上的雪已经结了冰，冻得他抱着胳膊抖成一团。

看来硬撑不是办法，得找个地方避避风雪。

十多年前，周市长在这里当过乡长，对附近的地形挺熟。他知道这牯牛岭住户不多，而且分布很零散，户与户之间一般都要隔好几里山路，离这儿最近的一户人家，住在岭上半山腰。户主他认识，姓牛，人称牛大。这牛大脾气特别大，动不动就横眉竖眼的。那年，县里布置种特种蔬菜，因为销路没联系好，菜都烂在了地里，牛大就喊上不少村民到乡政府闹事。时任乡长的周市长本来是一心想为村民办好事的，却因为经验不足反而把事情弄糟了，正窝火着呢，见牛大这么闹，忍不住骂了句粗话，没想牛大冲上去就狠狠回击周乡长一巴掌，打得周乡长鼻血"咕嘟咕嘟"直冒。后来,牛大被派出所拘留了好几天,他不服气,出来后一再扬言要报复,幸好周市长后来调走了,才脱了干系。

这样一个牛大,周市长当然再也不想看到他,可眼下不找个地方避避风雪,就只有等着冻死一条路啊! 没办法,周市长决定硬着头皮去牛大家碰碰运气。他心想:彼此这么多年不见,自己现在又被溅得一身泥水,脸上也都是泥巴,只要不挑明身份,牛大不见得能认出自己,也许就不会让自己吃闭门羹。他抬头看看漫天大雪,终于"咯吱咯吱"深一脚、浅一脚地踩着雪来到半山腰,敲响了牛大家的门。

开门的是牛大老婆,瞧周市长这副狼狈相,吓了一大跳。周市长哆嗦着把刚才的情形说了一遍,只是没敢说明身份,只说自己是城里的生意人。

牛大在屋里听到了,嘀咕着朝门口招呼说:"你那师傅也太大意了! 外面这么冷,那就快进屋吧!"周市长一听,赶紧跨进门,一看,牛大这时候正坐在火桶里烘火。

果然,牛大看样子真没认出周市长来,只见他朝老婆努努嘴:"孩他妈,给这位老板倒口茶,再打盆水给他洗把脸。"

洗脸? 不行,就靠泥巴打掩护哩! 其实周市长进门前早想好了对策,于是赶紧开玩笑说:"喝口水就行啦,这脸就不用洗了。哈哈,等会儿还得到路上去等车,泥巴还可以暖暖脸呢! 这鬼天气,风刮在脸上,就跟刀子似的。"

牛大一听,点点头说:"哦! 老板……你这人说话还挺有意思,那就甭洗吧。"他说着,拢拢自己身上的黄大衣,然后跳出火桶,往小马扎上一坐,对周市长说,"你刚才冻坏了吧? 快进火桶暖和暖和。"

周市长确实是冻坏了,所以也没推辞,就跨进了火桶。烘了一会儿,他身上的衣服渐渐冒出缕缕热气,身子也热乎起来,人似乎活转过来了,于是就扭头瞅瞅屋里,发现牛大家竟和十几年前没啥变化,屋子里空荡荡的,仅有的几件家具又破又旧。

作为一方父母官,周市长心里挺不好受,就向坐在小马扎上的牛大问道:"老哥,看来你家的日子不太好过吧?"

"唉!"牛大吸了口烟,答道,"两个孩子,一个上大学,一个读高中,都是大把花钱的时候,可大前年我却跌残了一只胳膊,家里的重活都孩子他妈一个人干,这几年也把她身子累垮了,现在整天病歪歪的,还得吃药,你说这日子,怎么会好哟!"

周市长一听,这才注意到牛大那条僵硬的右臂,心里直冒凉气。他向牛大要了支烟,点着了猛吸一口,呛得连咳几声,眼泪都流下来了,他擦擦眼睛,轻声问牛大:"你们乡政府那些干部,现在咋样啊?"

牛大一听周市长问这,脖子一梗说:"想着咱农民的有,可图名图利的也有,哼,那些家伙,我恨不得揍扁了他们!"牛大一边说,一边左手攥紧拳头用力在空中一挥,瞧,他那牛脾气说来就来了。

不过周市长这时候完全没有在乎牛大这样子,他深有感触地说:"是该好好管管他们啦!再这样下去,民心还要不要啊?"

没想他这话一出口,牛大立刻朝他点头:"你这话中听!老板,你要是当官,一准是好官!"

"哪里,哪里。"周市长心里"咯噔"一下,立刻收住了话头。他怕话多了露出什么,自己被牛大认出来,就麻烦了。他低头看看身上已经烘干了的衣服,决定早点离开这里;再说,也得去牡牛岭上等司机啊,万一司机把车开回来,若是不见他,不就又会把车开走,岂不更糟?

屋外,狂风鬼哭狼嚎,周市长瞟了一眼牛大身上的黄大衣,试探着问:"老哥,我得去岭上等车,外面太冷,你身上这件大衣能借我穿会儿吗?车一到,我就给你送回来。"

"不中,不中!"牛大连连摇头,"不是我小气,我家就这件破大衣,我和孩子他妈出门全靠它,你要不送回来,我们以后咋办?"

周市长想了想,抹下腕上的手表,递过去说:"这块表虽说不值什么钱,可也跟了我十几年了,押在你这儿,行了吧?"

牛大不说话了,翻着白眼珠,直勾勾地盯着周市长,看得周市长浑身不自在。

就这么僵持了一会儿,牛大移走目光,将烟屁股往地上一扔,起身进了里屋,跟老婆嘀咕起来。过了一会儿,牛大老婆出来了,低着头啥也不说,她身上穿着牛大那件黄大衣,又扎上头巾,随后就摇摇晃晃出了门。那牛大呢,身上披了件小夹袄,又坐回小马扎上,只是他一直低着头抽闷烟,神情也有点怪怪的。

牛大连吸三支烟后,周市长觉出了不对劲。他心里不安起来:牛大老婆出去干啥了? 为啥到现在还没回来? 会不会是牛大认出了我,叫他老婆出去喊人来对付我? 周市长越想越担心,这荒山野岭的,有理都没处讲,到时候要出大麻烦! 事不宜迟,他决定马上走。

周市长尽量让自己平静下来,他定了定神,收回手表,问牛大道:"老哥,我想解个手,尿桶在哪儿?"

"里屋。"牛大答道。

周市长跨出火桶,走进里屋,迅速将手表塞进床上铺着的草垫里。他把自己的手表留在这里,是想万一等会儿车子没来而自己有什么不测的话,牛大肯定不会承认事情与他有关,到时候这手表就是线索和证据,牛大休想抵赖。

随后,周市长从里屋出来,对牛大说:"老哥,谢谢你的热茶和火桶,我得去等车,告辞啦。"他边说边就推开门走出去,一头冲进了风雪之中。

牛大立刻追出来,冲着他的背影大声叫喊:"别跑啊,老板!快回来,老板,你不要命啦?"

可周市长哪敢回头，只顾拼命朝岭上跑。

快跑到岭上的时候，周市长隐隐约约看到漫天风雪中站着一个"雪人"，正冻得不停地跺着脚，走近了一看，竟是牛大的老婆。

牛大老婆一看到周市长，惊讶地大叫起来："哎哟，老板，你咋跑出来啦！这贼冷的天，你连个大衣都没有，身子骨哪受得住？快回去，快回去！"牛大老婆说话时，上下牙齿冻得都在打架，"咯咯"直响。

周市长也很惊讶，奇怪地问她："你……你在这里干啥？"

牛大老婆说："我在替你等车啊，孩他爸怕冻坏了你，所以才故意不借大衣，不让你出门。你不知道，这算什么大衣啊，穿了十多年了，一点也不暖和的。唉，不过总比没有的好啊！"牛大老婆边说就把身上的黄大衣脱下来，抖掉大衣上厚厚的雪花，把它披在周市长的身上。

牛大老婆这番话，着实让周市长松了一口气，显然，他们两口子到现在还没认出他来，真当他是生意人哩！周市长虚惊一场，虽然不再担心有危险，却没料到人家一片苦心竟被自己误会了，脸上不觉火辣辣的。

这时，牛大追上来了，把腋下夹着的一床被子往老婆身上一裹，埋怨周市长说："老板，呆在屋里好好的，干吗跑出来受这份活罪？"

正说着，前面突然亮起了车灯，待开近一看，正是周市长的车，司机找他来了。

车灯光里，周市长看着牛大和他老婆，正想鼓起勇气告诉他们自己并不是什么老板，就是当年骂过他的那个乡长，可牛大却走上一步来，推着他朝车门走去。

这时候，司机从车上跳下来，拉开车门，从后座上拿出周市长的皮大衣，还没递到周市长手上，却被牛大一伸手接了过去。

牛大对周市长说:"老板,你得把我的大衣换下来啦。"一边说,一边就扯下周市长身上的黄大衣,然后把皮大衣往周市长身上一披,把他推进了小车。

此刻,周市长心里真是百感交集,他朝牛大两口子挥挥手,想说什么,但终于还是没有说出口。

轿车徐徐开动了。周市长靠在车后座上,心里实在不是个滋味。他把手伸进大衣兜里,想摸烟,无意中却触到一个硬硬的东西,掏出来一看,烟盒纸里包着的,竟是他那块手表!不用说,一定是牛大刚才放进去的。

他猛然发现烟盒纸上还有字,写得很潦草:

周市长:

　　你一进门,我就认出你了!过去的事不能全怪你,你本意也是为了大家好,我也太莽撞,说要报复是气头上的话,你甭搁在心上。要说恨,咱是恨那些心里没有老百姓的坏官,但听你说的话,你其实还是想着咱的。还有这块手表,能戴十几年不换,这就看出你肯定不是个贪官。就为这,咱替你等车,也值!

攥着这张烟盒纸,周市长百感交集,他再回头看牯牛岭,发现黑漆漆的大山,此时竟被大雪映亮了。

（白　驰）

（题图:魏忠善）

不平常的算式

　　白杰只是个普通的小办事员，对生活没什么奢望，只一心想保护自己温馨的爱情。可爱情的厄运，却偏偏连他这么个小人物也不放过。

　　说起来，白杰和他的未婚妻不在一个城里工作，本来说好两年之内未婚妻要调回来的，可眼看着两年时间到了，她却说舍不得刚刚有点起色的工作，还想过两年再回来。

　　白杰听她说这话，几乎都快疯了，气得在电话里直吼："你别这么无休止地拖下去，你要真舍不得离开那鬼地方，那以后干脆就别回来，咱们分道扬镳！"

　　本来，白杰是希望这么说了之后，能让他的未婚妻重新考虑马上调回来的事。可没想一阵沉默和哭泣之后，他的未婚妻却对白杰说:"那就分手吧! 不过,相处这么长时间,我竟没看出来你是如此不可理喻。"

整整一夜,白杰都钻在她这句话里出不来,心里充满了委屈:我怎么就不可理喻了? 我只想和你朝夕相处,这就过分了?

没有爱情的日子,连白开水都不如。

好不容易熬到国庆长假,单位组织出去旅游。那个风景胜地白杰去过多次,实在不想再去,可同事们硬把他架去了,说是要让他出去散散心。

路上,导游孔小姐提醒大家说:"到了景点,会有小孩来向你们兜售一种银首饰,其实,那不是银器,而是铝制品,值不了几个钱的,大家千万不要上当哦!"

孔小姐说的这事儿白杰碰到过,白杰有话没话地接着孔小姐的话茬说:"孔导啊,你知不知道那玩意儿进价是多少钱?"

孔小姐朝白杰摇摇头,说:"这我也不清楚,他们对外保密呢,很难打探到的。"

白杰不由道:"要是你想知道的话,等会跟着我,看大哥给你露一手。"

孔小姐笑了:"真的? 那好啊!"

到了景点,路边果然就冒出三五个孩子,手里都晃着一串串银首饰,手镯、项链什么的,"叮叮当当"地直响,银光闪闪的很诱人。由于孔小姐事先打过招呼,所以大家都躲得远远的,没人去买。而孔小姐自己呢,她没忘白杰刚才说过的话,跟在白杰旁边,直催他快点露一手。

旁人也跟着起哄,白杰被催急了,脑瓜飞转起来。

正在这时,一个小男孩跑到白杰面前,说:"先生,我看您盯着银饰看,肯定是想买,您买我的吧,我的最便宜,您买得越多,越便宜!"

白杰定睛打量这小男孩,八九岁的样子,小脑袋上扎着花格头巾,眼神警惕地瞅着四周,胆怯而焦急。直觉告诉白杰,这孩子肯定等着钱用。

白杰于是便问他:"小朋友,你说你的东西最便宜,那买一套多少钱呢?"

小男孩压低声音说:"别人都卖三十块的,我只要十三块!"

从"三十"一下子到"十三",这价格完全颠倒过来了,看来这离成本价一定还有距离,白杰追问道:"能再少点吗?"

小男孩看了白杰一眼,说:"先生,您只买一套,就不能再少了。"

可是白杰从孩子那眼巴巴的神情中看出来,他是绝不会轻易放弃这笔生意的,价格肯定能再降下来,于是就故意对他说:"假如我买十套呢?最低价你能给多少?五块一套行不?"

"您买十套?"小男孩的眼神里充满了惊喜,"我算算看!"他歪着脑袋想了一会,然后捡起地上的一截树枝,蹲下,在地上列出一道算式:$(10 \times 1 + 12) \div 10 =$。

盯着算式看了一会儿,小男孩抬起头,很干脆地对白杰说:"我只要二块二一套!先生,我不想赚多的,您给这个价,我就够了,这个价不能再少了。"

白杰和孔小姐都愣住了!

白杰心想:我已经报了五块呀,他为什么还这么认真地计算,结果反倒只要二块二?他脑子里猛地一个闪念:俗话说得好,天底下没有赔本的生意,就是二块二这个价,看来离进价也肯定还有距离。

这时候,大概小男孩看到不远处有几个伙伴正盯着这边看,急得小脸蛋通红,催白杰说:"先生,快买吧,大蛋他们要是知道我卖这个价,会打我的!"

可此刻对白杰来说,是要弄清楚这玩意儿的进价,在孔小姐面前露一手啊!

白杰干咳一声,故伎重演地对小男孩说:"这样好了,我一次买五十套,你能再便宜点吗?"

"五十套?您要买五十套?"小男孩眼睛瞪直了,立即又捡起树枝,蹲下,抓了抓头,列出了一道新的算式:(50 × 1 + 12) ÷ 50 = 。

这算式是什么意思呢?"50"可能是指 50 套,那么"1"和"12",在刚才的算式中也出现过,代表什么呢?

小男孩算得一头大汗,算完了,兴奋地对白杰说:"先生,如果您买五十套,一套我只要一块二毛四分!不过,我身上没这么多货,您等一会,我去老板那儿拿,马上回来!"他说完就要走。

白杰一看急了,赶紧伸手拦住他,因为白杰压根儿就没打算过要买,戏弄这个老实的孩子,未免有点残忍。

不过现在白杰敢肯定,算式中的那个不变的"1"就是进价,这玩意儿进价就是一块钱!而那个同样不变的"12",应该是小男孩想赚的钱!白杰的这个推断,在小男孩的第一个算式中也可以得到印证:要价十三块,其中一块是进价,十二块是利润。

可让白杰搞不懂的是,他为什么一再压价,那么迫切地要赚足十二块钱呢?

白杰不忍心就这么打发孩子走,打算就花十三块钱买下一套算了,就算是赔偿孩子的时间损失费吧。

可是就在他准备掏钱的时候,刚才在远处张望的那几个小孩围了上来,个头最大的那个猛地把小男孩扑倒在地上,"啪啪啪"几个嘴巴子就扇了上去,嘴里还直嚷嚷:"小毛子,你敢破坏规矩?你这样卖,叫我们还赚什么钱?打死你,打死你……"

白杰这才知道,这小男孩叫"小毛子",他和孔小姐赶紧上去将他们拉开。

只见小毛子从地上爬起来,一脸的泪水和灰尘,委屈地争辩道:"大蛋,你们就想钱!你们晓得不,我们老师都要走了!我是为了大家,才这样卖的,我想把老师留下来……呜……呜……"

这一次,不光是白杰和孔小姐莫名其妙,就连大蛋他们也呆住了:想把老师留下来,这和卖首饰有什么关系?

白杰好奇地摸摸小毛子的脑袋,问他:"小毛子,你是哪个学校的,老师是谁? 别哭,你把事情说清楚,叔叔给你评理。要是你有理,叔叔把你的东西全买下来!"

"真的?"小毛子听了白杰的话顿时破涕为笑,一双充满期待的大眼睛一眨不眨地望着白杰,说,"叔叔,我们是龙王庙小学的,学校里只有一个老师,叫英子,我们都喜欢她,可她明天就要走了! 她不教我们了!"

没有人知道,小毛子的话,让白杰多么吃惊,他心里"咯噔"一下:怎么会这样啊?

小毛子脸上的泪水"哗哗"直流,他揉着眼睛对白杰说:"叔叔,您要是把这些银饰买了,老师就不会走了! 我问过老师的,她说,在很远的城市里,有个男孩,要送她99朵好看的红玫瑰,她如果不去,那些花就会送给别人,老师说她舍不得。我也是男孩,只要我能买99朵玫瑰送给老师,老师不就可以不走了吗? 可我现在买玫瑰的钱还差十二块,今天傍晚之前我必须赚到它们,才能……"

站在白杰旁边的孔小姐没等小毛子把话说完,就急着掏钱包,抽出两张十元钞票说:"小毛子,阿姨给你钱。"

"不不,不要你的,这钱我有!"大蛋突然叫起来。

其他几个孩子也跟着嚷开了:"我有!""我也有!"

看着眼前这场景,白杰直觉得一阵阵热浪涌上心头,他对这些孩子说:"好了,好了,你们都别争了。这样吧,让我打电话问问你们的老师,听听她自己的意见,好不好?"说完,就掏出手机,按下了一连串的键码。

孩子们正震惊白杰怎么会知道他们老师的电话号码,这时候电话已经接通了,手机里传来他们老师熟悉的声音:"喂,喂!"

白杰压低声音说:"你好,英子老师,你怎么突然改变主意离开这里了? 不告诉我,是想给我一个意外惊喜? 算了吧,我也不要你的惊喜了! 我现在有个麻烦,你给解决一下。我身边有你几个学生,小毛子,还有大蛋他们,争着要掏钱给你买99朵玫瑰,要把你留下来,都快打起来了,你说怎么办……好的,那就按你说的办吧!"说完,他关上了手机。

孩子们一脸惊奇地看着白杰:"叔叔,你认识我们英子老师? 老师怎么说?"

白杰朝孩子们眨眨眼睛,说:"你们英子老师说,玫瑰花你们不用买了,现在只要你们能把我给她送去,她就——不走了! 孩子们,你们给我带路吧!"

白杰这番话,把站在边上的孔小姐听得一愣一愣的,她以为白杰还在演戏,赶紧扯他的衣角:"你别闹了,这时候还唬孩子,你不觉得太残忍了吗?"

白杰朝她扮了个鬼脸,笑道:"唬孩子? 谁唬孩子啦? 你不知道啊,他们的老师,那个英子,是我未来的老婆! 现在,我服输了!"

（袁　翼）

（题图:安玉民）

刻骨铭心的回报

上世纪七十年代初,徐小涛正在县城学校读书。

那年秋天,学校组织同学们到一个边远山区的生产队参加秋收,这个生产队是县里的样板队,除了徐小涛他们这些学生娃,还有从各地抽调来的民工,晚上,学生就和民工们一起睡在一座老祠堂的木楼上。

那天晚上,徐小涛刚要进入梦乡,就听到民工铺上有两个人爬起来,踩着"吱呀"作响的楼板走到另一个民工铺前,拍着他的脑袋轻声道:"杨家林,讲个故事,不讲你就别想睡觉。"

那个杨家林被他们闹得不行,只好答应:"好好好,就给你们讲个'阿里巴巴和四十大盗'。从前啊,有俩兄弟……"

随着杨家林抑扬顿挫的讲述,徐小涛的睡意早不知跑哪儿去了,脑海里尽浮现出一幅幅故事中的奇异画面:驮着椰油篓子的马队在密林里行走;山洞深处的珠宝堆得像小山一样。那一声神秘的咒语"芝麻开门",徐小涛心里也仿佛打开了一扇奇妙世界的大门。

徐小涛正听得如痴如醉,突然传来一阵脚步声,一道手电筒的亮光扫了过来,接着有人大声喝问:"谁还在讲话?"这是巡夜的民兵。顿时,紧张奇异的故事世界像突然停放了电影,消失在了死一般的沉寂之中。

这一夜,徐小涛再也没有睡着,一直在猜想阿里巴巴一家后来的命运。

第二天吃早饭的时候,徐小涛怀着崇拜的心情在民工中找寻那个叫杨家林的人,终于看到了他。原来,杨家林是个二十多岁的青年,面容俊秀,脸色虽然憔悴,却掩不住一股浓浓的书卷气。

徐小涛凑到他身边,对他说:"你昨天讲的故事真好听,今晚能接着讲吗?"

刚说到这里,上工的哨子响了,两人还没来得及对上话,就分了手。

当天下午很早就收工了,队里要同学们去祠堂开大会。来到祠堂,里面已经挤满了人,徐小涛突然看见,杨家林正在台上站着,双臂垂得笔直。莫非今天是专门请他来给大家讲故事的?徐小涛不由兴奋起来。

但是没一会儿,就听台上一个人高举起手喊起了口号:"打倒剥削阶级的孝子贤孙杨家林!"接着,这人激愤地告诉大家,说杨家林出身剥削阶级家庭,至今不思悔改,竟利用讲故事放毒。

台上人话音刚落,台下就涌起一阵骚动,台上人一看气氛不对,于是就把杨家林的头使劲往下一摁。徐小涛看到杨家林的脸顿时变得煞白煞白,不由气坏了:杨家林讲的故事这么好听,这算放的什么毒?他不想再听下去了,跑进祠堂一侧的灶房里,

"咕咚咕咚"喝下一大瓢冷水,想解解胸中的闷气。

这时候,只听祠堂里骚动声更大了,猛然间,徐小涛看到台上那个喊口号的人把一个土块往杨家林头上砸,他顿时想起大人们讲过不久前有个人在挨斗时被活活打死的事情,心里不由一紧。一回头,他瞥见灶台上放着一包火柴,灵机一动,拿起火柴就悄悄从祠堂后门溜了出去。

离祠堂不远的地方是生产队的养猪场,说是猪场,其实里面也就是三四只瘦得只剩一层皮的猪,紧挨猪场旁边,堆着一垛干玉米秸。徐小涛绕到玉米秸后面蹲下,"嚓"一声划着了火柴,顿时,一股火焰从玉米秸里蹿出来。而徐小涛呢,却提着裤子装着刚撒完尿的样子,跑回了祠堂。

几分钟后,只听祠堂外面有人慌慌张张地高喊起来:"不好啦,失火啦! 猪场失火啦!"

祠堂里开会的人于是就都跑了出去,有的扑火,有的撵猪。

徐小涛趁机溜到台上,对杨家林眨眨眼,悄声说:"你还站在这里干吗? 快走吧!"

杨家林吃惊地看了一眼徐小涛,似乎明白了什么,可他没有走,一头扑进了救火的人群里,后来徐小涛看见,杨家林的头发都被火苗燎得枯卷起来。

好在这把火最终并没有造成什么重大损失,事情后来也就不了了之。不过从那以后,徐小涛就再也没有听杨家林讲过故事了,"阿里巴巴"的结局,成了搁在他心中的一个谜。

不久,老师带着同学们要返回学校去了。离开生产队的那一天,徐小涛看见有个人孤零零地站在路边送他们,原来是杨家林。从杨家林身边走过的一刹那,徐小涛感觉他投来的那一瞥是那么让他刻骨铭心! 徐小涛心头一震:杨家林准知道,是谁点的那把火。

回学校几个月了,这天,凛冽的寒风中飘着零星的雪花,同学们正在教室里早自习,只见一个衣衫单薄的年轻人来到学校门口,他就是杨家林。

学校门卫问他:"你找谁?"

杨家林冷得直打哆嗦,说:"我想找徐小涛,请问他在吗?"

门卫没有回答杨家林的话,一双眼睛却紧盯着他捂在胸前的手。

门卫警觉地问:"你怀里揣的什么?"

杨家林支支吾吾着,眼睛里流露出一丝惊慌的神色,捂在胸前的手竟颤抖起来。

门卫厉声喝道:"揣的什么? 拿出来!"

门卫话音刚落,只见杨家林转身就跑,门卫大叫一声"有情况",就赶紧吹哨子。两个"造反派"立马跑出来,尾随在杨家林后面奋力追赶。

他们和杨家林的距离越拉越近了!

这时,一道大排水沟横在了慌不择路的杨家林面前。这是一道用大石块和水泥砌成的排水沟,杨家林抬脚想跨过去,可是却一脚踏空,额头重重地撞在锐利的石沟沟沿上,身子立刻像棉花一样软倒在石沟里。只见鲜血从杨家林的额头汩汩地流出来,可他失去知觉的手依然紧紧地捂在胸前。

两个"造反派"停下脚步,他们冲上来,走到杨家林身边,掰开他捂在胸前的手,掀开他那件又旧又薄的褂子,只见杨家林紧紧贴在胸口的,是一本"文革"前出版、"文革"中成为禁书的连环画《阿里巴巴和四十大盗》! 只是封面上阿里巴巴的画像已经模糊不清了,因为那上面沾满了殷红的血……

后来徐小涛才知道,杨家林那天是从他八十多里外的生产队走着来县城的,因为只准了他一天的假,所以他整整走了一夜的山路,准备把书给徐小涛之后,就立即赶回去的,去学校找徐小涛的时候,他连早饭都没有吃……

(徐　涛)

(题图:安玉民)

镜头外的故事

　　这天,市一中为了救助一位重症学生,发起了一次募捐活动,不少市委领导都将亲临现场献爱心。

　　电视台领导当然对这个活动很重视,特别点将让林青去现场采录。到达现场后,趁领导们还未到场,林青抓紧时间架起摄像机,调试着拍摄角度。

　　这时候,有个老太婆闯入林青的镜头,只见她蹒跚着走近募捐箱,好奇地摸了摸箱皮上那几个金黄色的大字,还伸着脖子朝箱子的投币口瞅了瞅,喃喃道:"这箱子真好看,咋没见有人投钱啊?"

　　旁边几个来志愿服务的工作人员笑了,其中一个对她说:"您老别操心,捐款还没正式开始呢,这第一笔捐款呀,要让领导先来投,知道不?"

老太婆"噢"了一声,好像还想说什么,一抬头,见林青手里的摄像机正对着她,便不吭声了,正好一瞥眼看到地上有个路人丢弃的饮料瓶子,弯腰捡起后,就赶紧转身走开。

林青突然看到,老太婆手里拖着一个脏兮兮的蛇皮袋,原来她是个捡垃圾的。

林青问工作人员:"这老太婆想干什么?"

工作人员猜测说:"没准是打募捐箱的主意吧,待会儿好拿去卖呗……"

正说着,市委领导来了,紧随其后的是市直各科局的干部,刹那间,活动现场的气氛猛然高涨起来,募捐箱前挤满了人。为了保持良好的秩序,工作人员灵机一动,在现场架起一道护栏,让募捐者依次排成一条长龙,让每一位领导都在林青的摄像镜头前,庄重地献上自己一份爱心。

不过,随着领导们捐款结束,场面就渐渐冷寂下来,捐款队伍越来越短,到最后,稀稀落落只有几个人了。林青一看不行,要想把这次活动报道做得像个样子,还得再加点儿"猛料"。好在自己平时工作中曾经联络过不少大腕和名人,于是赶紧掏出手机打他们的电话,这些人当然乐意来捐钱,只一会儿工夫,都驱车来助阵了,这下,捐款活动再次掀起高潮。

林青正拍得起劲,突然发现镜头里出现了一个"不和谐音",一看,就是先前那个捡垃圾的老太婆,只见她煞有介事地跟着捐款队伍往前挪动,眼睛却不时在地上搜索。不用说,这老太婆准是冲这块活动场地去的,因为人多,场地上不时会有一些被丢弃的饮料瓶和食品盒什么的,可能是害怕工作人员驱赶,老太婆就挤在捐款队伍中间,以便"接近目标"。

真是个狡猾的老太婆!而且如林青所料,当她走到护栏内的时候,果然闪出队列,慌慌张张捡了地上的东西,就赶紧躲开了。

瞧着老太婆那鬼鬼祟祟的背影,林青朝她鄙夷一笑,便又继续忙手里的活儿了，直到觉得这次活动的新闻素材基本入镜到位了，他才长长地吁了口气。

林青收起摄像机，一仰脖子喝完手中的矿泉水，正准备把瓶子投进垃圾桶里去，突然有人拦住他说："记者同志，麻烦你把瓶子给我吧？"

林青回头一看，还是那个老太婆！说实话，林青有点烦她，感觉这圣洁的募捐现场，怎么竟然成了她的淘宝之地了？林青没好气地把瓶子往她手里一塞，不无揶揄地说："给给给，你拿去发财吧！"说完，背起摄像器材扭头就走，恨不能离她远远的。

没想到，那老太婆竟追在林青后面问："记者同志，你不会再拍了吧？"

林青头也不回地大声说："不拍了，捡你的垃圾去吧！"

走出老远，林青突然想起来，自己走之前应该要跟那些工作人员打声招呼，他们都是志愿来现场工作的，得谢谢人家才对。

可是就在回转身的瞬间，林青愣住了！只见那个红色的募捐箱前，一位头发花白而凌乱的老人，正抖着手打开一个小小的手绢包，从里面掏出一叠零碎票子，慢慢塞进募捐箱里。

这个老人不是别人，正是那个捡垃圾的老太婆。当林青想起用手中的摄像机拍下这一切的时候，可惜为时已晚，老太婆已经转身离去。

这样的镜头竟然错过了，林青真是又后悔又不甘心，他立即三步两步追上去，一改先前的态度，几乎是央求着对老太婆说："对不起，老人家，您刚才捐款的时候我没来得及拍，麻烦您再往募捐箱前走一趟，让我补拍下这个镜头，好吗？"

老太婆腼腆地笑了，直朝林青摇头，说："不瞒你说，记者同志，原先就因为怕你拍我这副邋遢样子，我才几次故意避开你镜头呢。再说，我捐的钱那么少，真的不配上电视，真的……"

（魏柏林）

（题图：安玉民）

墙壁上的指纹

阿丁一家刚搬进新居,他那个刚读一年级的女儿就像发现新大陆一样,惊奇地把阿丁拖进房间,告诉他说:"爸爸,你看,墙壁上有个手指头印。"

阿丁一看,白白的墙壁上果然有一枚指纹,就像一片树叶飘在大海上,很不起眼,难为女儿竟能发现它。

女儿问阿丁:"爸爸,这指纹是谁留下的?"

阿丁回答女儿说:"肯定是粉刷墙壁的工人叔叔留下的。"

女儿又问:"那……是谁来帮我们粉刷墙壁的呢?"

前几天帮阿丁家粉刷墙壁的那个工人,现在正在旁边楼房干活,从阿丁家的窗户里就能看见,于是阿丁便把那个工人指给女儿看。

　　可是,女儿不相信。因为女儿觉得那工人看上去就像乡下人一样,乡下人也能刷出这么漂亮的墙壁来?

　　阿丁说:"不信? 那你自己去看。"

　　好奇的女儿竟真的去看了。看过之后回来,她兴奋地对阿丁说:"爸爸,那个乡下叔叔真有本事,他在那里刷的墙壁也和我们家的一样,又光又滑。"

　　阿丁趁机教育女儿:"你别小看乡下人,乡下人中也有许多许多能人,这就叫'人不可貌相'啊!"

　　女儿听了阿丁的话,很认真地点点头,说:"爸爸,我知道了。"

　　此后,女儿经常去看那个乡下叔叔粉刷墙壁。

　　又有一天,她去看了之后回来,对阿丁说:"爸爸,天这么冷,那个刷墙的乡下叔叔还躺在地上睡觉,没有被子盖,我们去给叔叔买条被子好吗?"

　　阿丁一听女儿要他去为民工买被子,愣了愣,未免有点哭笑不得,便赶紧说:"乖孩子,爸爸不是开救济站的,哪能随便去为一个不认识的乡下人买被子?"

　　可是女儿却不答应,女儿振振有词地对阿丁说:"爸爸,我们怎么不认识他? 他帮我们刷过墙呀!"

　　阿丁一时没了言词,看看拗不过女儿,想了想,就从衣柜里翻出一件旧大衣,让女儿去拿给那个民工当被子盖。

　　女儿一看,小嘴撅得老高,朝阿丁嚷嚷说:"爸爸,这件大衣一点也不暖和。"她看到阿丁脱在床上的羽绒外套,一把抱起在怀里,高兴地说,"爸爸,有了有了,我就把这件去送给乡下叔叔吧?"

　　阿丁挺生气,说:"这件衣服爸爸买回来才穿了一个星期呢,怎么能送给他?"

　　女儿一听,赌气地将身子一扭,说:"爸爸,你不是还把新衣服送给舅舅的吗,为什么就不能送给乡下叔叔? 你叫我不要小看他,可你自己就小看人家!"女儿说着说着,竟抹起泪来。

阿丁顿时被女儿说得哑口无言,又看她这副挺委屈样子,心一软,只好点头答应。

送完羽绒服,女儿接着又向阿丁提出要买书包。

阿丁觉得很奇怪:"你的书包不是刚买的吗? 怎么要换了?"

女儿说:"爸爸,刷墙的乡下叔叔有个儿子叫阿宝,他没有书包,我想送书包给他。"女儿又使起了磨功,不达目的誓不罢休。

阿丁想想买一个书包也花不了多少钱,于是就答应了。不过,他还是忍不住警告女儿说:"这是最后一次,咱不能再送东西给他了。"

可能是阿丁这次说话的态度很严肃,送了书包之后,女儿果然没有再向阿丁开口要什么。

不久后的一天,阿丁家的门铃响了,阿丁开门一看,觉得来者有些脸熟,一对话,想起来了,原来就是当初那个刷墙的民工。他自我介绍说他叫黄文武,家在江西,离这里很远。

黄文武是来还阿丁女儿当时送给他的那件羽绒服和那个新书包的,可惜阿丁女儿此时放学还没回家。

黄文武惶恐地对阿丁说:"衣服我当被子盖过一次,书包一直没动过,你看看弄脏了没有?"

阿丁赶紧说:"不不不,衣服和书包都是送给你的,不用还。"

黄文武却正色道:"我再穷,也不能贪这种便宜。"

其实阿丁当初就舍不得女儿把羽绒服送出去,所以一看现在送回来的还当真没怎么动过,就趁势接下来了。随后,他把书包一把推了回去,对黄文武说:"这是我女儿送给你儿子的,你一定要收下。"

黄文武很不好意思,见推脱不了,便说:"那就谢谢你和你女儿了。"他说着把书包往肩上一挎,像个孩子似的笑了。

接着,黄文武眼睛往房间里一扫,轻声问阿丁:"听你女儿说,你们家的墙上有我的指纹,我能看看吗?"

"当然可以。"阿丁把黄文武让进屋里,带他到女儿的房间里去看。

让阿丁惊讶的是,直到这时他才发现,不知什么时候,女儿用小红花把墙上那枚指纹围起来了。黄文武看到阿丁女儿的这个"杰作",显得有点激动,他轻轻地抚摸着小红花,一朵一朵地抚摸,粗壮的手指在微微颤抖。

随后,黄文武对着那枚指纹,伸出自己的一只手比划着,很认真地对阿丁说:"这应该是我拇指的指纹,对,就是拇指的,你看这纹路,一圈一圈圆圆的。咦,真奇怪啊,它怎么真就跟我手指一模一样? 我怎么会留一个指纹在墙上的? 有意思! 太有意思了!"

看了好一会儿,黄文武心满意足地向阿丁告辞了。临出门时,他问阿丁:"在墙上留一个指纹,你们不介意吧?"

阿丁连连摇头:"不介意,不介意,这不就像画家画画一样,画完后都要在画上盖章? 你刷完墙壁后留一个指纹,就像在自己作品上盖章一样!"

阿丁自己也不知道怎么会说出这番话来的,黄文武听得两眼放光:"你说得太好了! 以后,我每刷完一面墙壁,就留一个指纹。"

黄文武以后就真的在他粉刷过的墙壁上留下了一个又一个指纹,而且建筑队里还不止他一个人这样做。阿丁听说后心想:但愿别人住进新房后,也会像我女儿一样,珍视墙上的这些指纹,并且用小红花把它围起来。

(杨汉光)

(题图:谢　颖)

冰 心 一 片

总说人言可畏，三人成虎。不过，如若真能做到不以物喜、不以己悲，自然也入了"一片冰心在玉壶"的境界。

知足堂

　　有一个土财主,给人打赌说,天下必有知足人。

　　别人不信,于是他就满天下地寻找,想以此来证明自己说的没有错,可是找来找去,就是找不到,只好很失望地回来。

　　走到自家村头桥上,他突然听到桥墩下有人在喊:"知足啊知足,真是太知足了!"

　　土财主不信:我找了这么多时候,也没有找到一个知足人,怎么回到家门口反倒碰上了? 于是赶紧来到桥墩下,一看,是个乞丐,正蹲在别人用过的一堆余火前取暖,嘴里还"吧唧吧唧"地嚼着一块从火堆里扒拉出来的地瓜。

　　土财主觉得很奇怪,就问乞丐:"这个样子,你就知足了?"

　　乞丐说:"桥下能避风,余火能取暖,这地瓜虽说是人家吃剩下的,可它能充饥啊,难道这还不能让我知足?"

土财主恍然大悟,高兴得连连点头:"你说得对,说得对啊,从今往后,我会让你更加知足!"

土财主把乞丐带到家里,好酒好菜招待不说,还特地给他腾出间房来住,取名"知足堂",让丫环专心在房里伺候。

这一来,这个乞丐对土财主感激涕零,从此更加三句话不离"知足"两字。

这天,土财主要出门办事,临走之前把家里的事都托给了乞丐,乞丐自然一一应允。可土财主怎么也没想到,待他办完事回来,刚踏进家门,那丫环就向他哭诉乞丐如何调戏她,土财主听后顿时变了脸色。

隔天,土财主把乞丐叫来,拿出一封信,说:"我有个朋友在某地,辛苦你跑一趟,把这封信替我去送给他。"随后,他又给了乞丐四两纹银和一匹白马。

乞丐自然没有二话,立刻骑马上路,风尘仆仆来到某地,可四处打听,并无土财主要他找的那个人。这时,四两纹银已经花尽,乞丐只好变卖白马继续寻找,可找了好久还是没有找到。

走投无路之下,乞丐只好把土财主给的信拆开,想看看上面写些什么,然后再作打算。

这一看不打紧,乞丐顿时后悔莫及。

原来,这封信其实是土财主写给乞丐的。土财主在信上只有四句话:知足堂前戏丫环,忘了桥下那堆灰;四两纹银作路费,一去某地不复回。

无奈,乞丐只有重操旧业。

于是就有了这句话:人心不足蛇吞象,劝君知足永常乐。

（苏利亚　搜集整理）

（题图:安玉民）

板　爷

　　板爷生前无儿无女,孤零零的一个人。小峰家就在板爷隔壁,所以小峰从懂事起就一直很可怜板爷。

　　后来,直到长大了,读中学了,小峰才断断续续听大人们讲,实际上板爷是结过婚的,而且还有过儿子,老婆漂亮得全村女人没法比,可是他老婆生下儿子后不久,就因为过不得穷日子,跟一个财主的管家跑了,板爷好不容易一把屎、一把尿把儿子拉扯大,不料儿子却去投奔国民党的队伍,小日本侵入中原后还当了汉奸,杀了很多人。小峰的爷爷也是那个时候被他儿子领着日本鬼子给杀害的。板爷怎么也想不到自己会亲手养大这么一个逆子,有一次趁他喝得醉醺醺地回家,就用锄头把他给打死了。从那以后,就剩板爷一个人过日子,他的脸上再也没了笑容,老是板着面孔，"板爷"就是这么被村里人叫出来的。

自打知道这些事儿之后，小峰心里就恨死了板爷，成天想法子要整治这个老家伙。

一天，小峰早起上学，看见板爷掂着尿罐在浇自家院墙边的一棵大枣树，一副心事重重的样子，他心里一动：板爷不是有尿床的陋习吗，他每天起床后的第一件事就是处理他的尿罐。小峰心里顿时有了主意。

放学后，小峰约好朋友小刚悄悄去板爷家，把放在院墙角的那个尿罐拿出来，在尿罐底部钻了两个眼，然后用稀泥把眼糊上，再把尿罐偷偷放回原处。果然第二天一早，板爷把昨夜尿湿了的被子晒出来了，上面有好大一片尿渍。

看到板爷倒背着双手，佝偻着身子，一副沮丧又无奈的样子，小峰得意地捂着嘴直笑，心里真有说不出的痛快。

以后，这样的恶作剧小峰又搞过几次，板爷始终没有吱声，只是有时候会抬起他那双浑浊的老眼，朝小峰定定地看上几眼。

小峰猜想板爷一定知道这些事儿是他干的，尽管心里得意，可见面时不知怎么却有点不好意思，所以出出进进总尽量避开他。

这天傍晚，小峰约小刚在家门前的坑塘里洗澡，一抬头，看到坑塘边上板爷家的那棵大枣树，树上的枣子又大又红，馋得口水都流出来了。小峰脑子一动，让小刚在树下放哨，他自己把背心往身上一套，下摆打个结，然后像猴子一样三下两下爬上树，摘了枣子就往背心兜里塞。

眼看兜里快塞满了，小峰心里喜滋滋的。

突然小刚在树下大喊一声："板爷来了！"

小峰惊得浑身一哆嗦，手没抓牢，人便像断了线的风筝直往下坠，一头扎进树下的坑塘。

坑塘很深，坑底还有厚厚的污泥和长长的水草，小峰尽管水性好,可是被水草缠住后,就是有劲也使不出来,反而越挣扎越被水草缠得厉害。小峰只觉得四周黄蒙蒙一片,脑袋就像要炸开了似的,张嘴想喊,可是刚一开口,稀泥和着污水一下子就灌满了他的嘴巴……

当小峰醒过来时,他发现自己正头朝下趴在石磙上,父亲掂着两条腿来回晃着,强压着他吐了一大片脏水,母亲抚着他的头直抽泣,鼻涕眼泪抹了一脸。

小峰知道自己闯了大祸,张皇得有些不知所措,一眼瞥见傻愣愣站在一边的小刚,不由脱口道:"他,板爷……"

谁知小峰"板爷"两个字刚出口,小刚竟"哇"地一声大哭起来。

母亲告诉小峰说,板爷死了,是为了救他才死的。

原来板爷看到小峰跌进坑塘,就赶紧跳下去救他。板爷年轻时水性很好,可现在毕竟年岁大了,一下水就感到力不从心,他想用两条腿把小峰从坑底钩出来,没能成功,最后只得扎进水底,死命把小峰托出水面。而等小刚把村里人喊来时,板爷自己早已没了气息。

在清理板爷遗物时,村长在板爷床头的枕头底下发现了一份纸已经发黄了的遗书。

遗书上这样写着:

老少爷们:

　　我对不起你们,不知道祖宗哪辈子没做好事,让我养了这么一个罪孽深重的儿子,给你们带来那么多的痛苦。孽贼最后虽然是被我收拾的,可他的死远不足以弥补他的罪恶,为此我愧疚终身。

　　孽贼生前掠刮的一部分银元金器,在一次清扫中被我无意发现,我死也不会用他的臭钱,宁可饿死。所以,那些东西都被我埋在大枣树下,因为我怕交公的话,你们未必能相信和理解,事情也许更加说不清楚,还是先留着吧,留到我死了再说。

我不知道自己啥时候死去,反正早晚会有这么一天,所以就先写下这些话。咱村里很穷,学校破得不成样子,娃娃们上学连个课桌都没有,都趴在泥墩墩上写字。我想,就把这些东西交给村里吧,换来的钱可以给娃娃们买课桌⋯⋯

板爷的遗嘱很简短,关于他自己的身后事只字未提。

捧着这份遗嘱,小峰觉得自己一下子长大了。

板爷虽然无儿无女,但是那天给他送葬的人却很多,小峰也去了⋯⋯

(李继亮)

(题图:谭海彦)

郑新老家庄北边,有个黑水潭,郑新小时候常到那里去钓鱼。

郑新钓鱼的时候最怕钓到老鳖,这倒不是因为老鳖咬起人来特别狠毒,这其中的理由说出来有点好笑:只因郑新小名就叫"老鳖",是爹妈为盼郑新顺顺利利成人,特地给起的吓唬催命鬼的硬命字。

不想那年郑新升了职,领导对他说:"小郑呀,听说你老家有个黑水潭,那里老鳖多,这个双休日没事,干脆咱们大伙儿一起去你老家玩玩,钓钓鳖,也算祝贺你升迁吧!"

郑新一听心里"别"一跳,可是又没有搬得上台面的理由说不去,只好硬着头皮,满脸笑容地答应。于是到了星期六,领导就带着一伙人乘上车,浩浩荡荡向郑新老家进发。一路上,郑新不断给自己打气:没事,老鳖一般都在深水淤泥里,白天轻易不出动,要钓到它也不是容易的事。

可谁知事情就这么邪乎,到了黑水潭边,郑新的渔竿放下去才一会儿,渔漂就突地往下沉,一拉,竟拉上一只鳖来,而且足有碗口那么大,估计斤把重,很肥的样子。

大家一看,都说郑新:"到底是黑水潭出来的,看看,你一回来鳖就欢迎你。"

郑新心里憋气,还得强装笑脸:"这鳖是我放养的,现在是特地来欢迎我,所以我得把它放生!"说着他一溜眼,发现自己领带上有根红色商标带,于是就把它剪下来,拴在鳖的一只爪子上,然后重新把它送进了黑水潭里。郑新心里默叨着:"菩萨保佑,你千万不要再被钓上来了啊!"

可谁知没出五分钟,这只拴着红商标带的老鳖却又被同来的老孙钓上来了,大家都乐坏了。

郑新心里那个难受哟,说话都变腔了:"放了它!放了它!我说过了,它是我放养的!"

老孙可不干,提着他钓上来的这只老鳖直嚷嚷:"我还是头回钓着鳖哩,咱不是事先说好的吗?谁钓的就是谁的嘛!"

郑新一听急了,冲上去盯着老孙问:"你放不放?"

一看郑新认了真,领导赶紧过来打圆场:"这样吧,再放这鳖一次,要是下回再被钓上来,就不放了,怎么样?"

领导开了口,郑新和老孙自然也不好再说什么,于是就照此办了。

可是过了不到五分钟,大家又忽然发出一阵哄笑,郑新知道不会有好事,回头一看,果然,那只老鳖竟然被领导给钓上来了。

这下郑新没辙了,只好哭丧着脸对大家解释说:"我也不瞒各位了。唉,说起来很脸红,我小名就叫……就叫老鳖,所以看见人家钓……钓起鳖,就感觉……感觉自己嘴里像被扎……扎了渔钩那么难受。请各位看在我的面子上,高抬贵手放了它吧!"

郑新结结巴巴刚把话说完,大家就笑得前仰后合直不起腰来,老孙更是笑得蹲下了身子,嘴里连声道:"得罪得罪,小郑,我保证以后再也不钓你啦!"

领导笑着把他钓到的那只老鳖交给郑新,说:"小郑呀,我劝你别再把这鳖放潭里了,带回家去养吧,要不它还会被人家钓上来的。"

可是说来也怪,那天除了这只老鳖,就再没有别的鳖上钩了。

当晚回到家里,郑新把老鳖养在一个大盆里,放了很多鱼食,让它吃了个欢。妻子回来,郑新给她说起白天钓鳖的事,感慨地说:"这只老鳖也真够蠢的,怎么一看见鱼饵就上钩,钓来钓去,就老是它被钓上来。"

妻子听了却不以为然,一点郑新的鼻子说:"我看你才蠢呢,它是饿了才会这么容易上钩,不信你现在再钓它,看它还上不上钩!"

郑新一想妻子的话有道理,他估摸着这鳖吃到现在肚子应该早饱了,于是就拿出渔钩,穿上钓饵,再试着去钓它。

此刻,那只鳖守着很多鱼食,撑着饱涨了的肚子正在盆底趴着,可奇怪的是它一看见伸进盆里那渔钩上的钓饵,马上就伸长了脖子张嘴去咬,结果又被钓了起来。

郑新顿时傻眼了。

站在一边的妻子笑起来,说:"原来这是一只贪鳖呀!其实傻还不怕,可贪心不足就没得救了。既然是这么个鳖,咱养它干啥?送饭店里杀了,炖炖吃吧!"

郑新听了愣了半天神,想想自己升职时遇上这么件事,不知道是福是祸……

(郑　泽)

(题图:魏忠善)

第二次面试

　　四年前,李铁刚从大学毕业,和许多穷人家的孩子一样,身上一贫如洗,只有一套蓝色的西服还能体面地穿出门。李铁希望很快就能找到一份工作,他最大的愿望就是能到大名鼎鼎的沃尔特公司去上班,所以就三天两头打听他们公司招聘的事,苦寻着能进公司的机会。

　　皇天不负苦心人,一个月后,李铁终于获知沃尔特公司要公开招聘了,而且负责此次招聘工作的,正是那个以善于选拔人才著称的赵尔先生。李铁抑制不住心中的狂喜,仔仔细细地把自己所有的应聘材料准备好,最后往身上瞅了瞅,狠狠心掏出口袋里仅有的几元钱,好说歹说请房东太太帮忙把自己那套蓝色的西服洗烫得平平整整,然后如期赶到沃尔特公司。

公司招聘办公室设在一幢陈旧的二层小楼房里,两张老式的办公桌挨在一起,就成了主考席,下面是几排木制椅子,其中有几张甚至已经十分破烂了。如此规模庞大、实力雄厚的公司,招聘办公室竟会如此简陋和寒酸,简直令人难以置信。

幸亏李铁事先做过功课,了解到这一切正是沃尔特公司的特意安排,当年公司创始人就是在这个会议室里慧眼识才,大胆任命并起用了赵尔先生;也正是由于赵尔先生的锐意改革和勇于创新,不拘一格任人唯贤,公司在十余年间迅速崛起,才有了如今这鼎盛局面。所以,这里对公司来说,是十分有纪念意义的地方,也自然成了招聘人才的最佳场所。

当第三个脸上不见半点兴奋的青年从招聘办公室里走出来的时候,李铁知道该轮到他进去面试了。此刻,他对自己很有信心,因为他早晨在镜中发现,那套被房东太太精心料理过的西服穿上身之后,他看上去显得越发风度翩翩,年轻而充满活力。他知道,临考之初,能先给考官留下一个好印象,有多么重要。

走进办公室,李铁看到主考席上坐着三男两女,中间一位他曾多次在电视上见过,就是著名的赵尔先生。李铁走上去,在赵尔先生对面的应聘椅上坐下来,尽管他看到这张椅子的扶手烂了一截,有一只生了锈的铁钉还狰狞地伸出头来,但还是毫不犹豫地就坐了上去,他早就在心中渴望能有机会与赵尔先生面对面。

向李铁轮番提问的,一直都是坐在赵尔先生左右的几个人,李铁机敏地应答着,两只眼睛却不时瞅着赵尔先生。可令李铁遗憾的是,赵尔先生只是一味地翻阅桌上的材料,似乎连看李铁一眼的兴趣都没有,李铁心里的希望在一点点地消失。

眼看半小时的面试就要结束了,李铁意识到自己这次应聘即将失败,急得"蓦"地站了起来。可就在此时,只听"嘶"一声响,他低头一看,是自己西服右手的袖口,被椅子扶手上那枚伸出头的铁钉挂出了一个一寸多长的大口子。

李铁真是又心痛又恼怒,但还是很快控制了自己的情绪,不失礼貌地对考官们说:"也许,我今天到沃尔特公司来应聘,是一个错误,我早就该放弃自己苦苦寻求的理想了。请把我的资料还给我吧!"

赵尔先生旁边的一位女士拿起桌上李铁的资料,刚要递还给他,赵尔先生忽然抬手制止住了。赵尔先生上下打量了李铁一眼,说:"如果你同意,请把你的资料留下,明天来拿吧。"

李铁不知道赵尔先生这话是什么意思,又不便多问,只好忐忑不安地离开了公司。

回到家里,望着破了袖口的西服,李铁发了愁:真倒霉,明天穿什么衣服再去见赵尔先生呢?没办法,他只好到房东太太那儿借来针和线,耐着性子缝补起来。

第二天,李铁就只好穿着这件打过补丁的西服坐到了赵尔先生的面前。赵尔先生看了李铁好一会儿,指着西服袖口上这块补丁问他:"谁缝的?"

"我……我自己。"李铁不好意思地搔着头皮。

没想赵尔先生立刻对李铁说:"你被录取了,明天就来公司上班吧。"

李铁还没来得及回过神来,坐在赵尔先生旁边的那位女士就吃惊地从椅子上跳了起来:"不是还有两位比他更合适吗?"

"可是,就是他了。"赵尔先生解释说,"你们看,昨天他来应聘的时候,不小心把衣服挂破了。通常,人们在衣服破了的情况下会怎么处理呢?不外乎三种选择。第一种,把破衣服扔掉,出了问题就逃避,把问题扔在一边,这是不负责任的态度,大凡持这种态度的人,善于投机取巧,工作上就往往会拈轻怕重;第二种,破衣服破穿,出了问题不解决,对问题听之任之,这是一种漠不关心的态度,持这种态度工作的人,习惯画地为牢,固步自封,做事缺乏创造性;第三种,将破衣服缝补好了继续再穿,出了问题就解决问题,这是一种积极的态度,对工作具有高度的责任心,唯有持这种态度的人,才能在工作中充分发挥自己的聪明才智,不怕困难,勇于开拓进取。今天,他就是穿着缝补好了的衣服来的,所以,我决定录用他。"

赵尔先生这番话,赢得了在场所有人的掌声。

就这样,李铁幸运地成为了沃尔特公司的一员。

不久,闻风而动的新闻记者特地来公司采访,宣传赵尔先生这个选拔人才的"破衣"理论,文章中自然免不了要提到李铁,一时间,公司上下传得沸沸扬扬。

这一来,李铁心中十分惶然,那天他实在是因为换不出第二套衣服,没办法才硬着头皮将破口补补穿的,其实他觉得自己并不是像赵尔先生分析的第三种人那样,他总觉得自己愧对了赵尔先生的信任,很想对赵尔先生说点什么,可是几次碰面却又欲言又止。三番五次,赵尔先生看出了李铁的不安。终于有一次,他问李铁:"你是不是想要跟我说些什么?"

"我,"李铁犹豫着,终于下决心说出了口,"赵尔先生,不,赵总经理,那天,我之所以穿那件补过的衣服,主要是因为我很穷,我身上只有那套西服。"

赵尔先生笑了:"这说明,我并没有看错你啊!其实,当你第二天穿着打了补丁的衣服坐在我面前的时候,我就知道当时你的生活肯定很拮据,你迫切需要这份工作。至于破衣理论,那是我一时灵感所至。呵呵!关于应聘的事,你不用耿耿于怀,安心上班吧,你就是我要挑的人!"

事后,李铁常想:幸亏应聘那天我的衣服被挂破了,要不然,还真不知道自己什么时候才能跨进沃尔特公司的大门呢!

(范淑军)

(题图:箭　中)

吃
一
惊

那一年,严立给县长萧大明当秘书。

这天上午,严立正忙着给萧县长整理一份材料,阳光公司的钱总经理来了。钱总说他最近到香港去了一趟,给萧县长带了几本书来。不巧萧县长这天正好在外面开会,钱总便让严立转交。

书是用牛皮纸封着的,外面还扎着根塑料绳。钱总临走时再三关照:"严秘书,麻烦你一定把书交到萧县长手里。"

瞧钱总不放心的样子,严立一边点头答应,一边心里暗自思忖:阳光公司是县里最大的私营企业,最近正在商谈兼并国有企业天水公司的事,这事由萧县长亲自过问,在这个节骨眼上,钱总给萧县长送东西,不是讨好是什么?

严立打心眼里瞧不起这种人,于是便随手把钱总的纸包搁到了墙边的文件柜上。哪知道大概因为没有放平整,纸包竟"砰"一下从文件柜上掉下来,擦过柜旁的铁椅背,落在了地上。

严立吓了一大跳,赶紧把纸包从地上捧起来,可纸包已经被摔破了,里面的东西"稀里哗啦"全掉了出来。让严立大吃一惊的是:这纸包里包的根本不是什么书,而是一叠叠百元大钞。严立的脸"刷"地白了,第一个反应就是连忙把门关紧,随后立即清点数额。天哪,一叠一万元,整整十五叠,严立顿时吓得大气不敢出一口。

萧县长平时对严立既严格又亲切,他一直夸严立年轻有为,要严立好好干,争取今后挑更重的担子。都说当上领导秘书等于当上了预备领导,严立自然十分珍惜这个位子,可是现在,面对这十五万元巨款,严立就像是面对一只已经"吱吱"冒烟的炸药包,整整十多分钟不敢去动一下。想想眼下中央反腐倡廉的力度那么大,多少干部中箭落马成了阶下囚,这个不识时务的钱总居然还要来顶风送礼,严立真替萧县长担心。

不过担心归担心,严立可不敢去对萧县长讲明,毕竟钱总是说送书给萧县长的,真要追究起来,他严立怎么会知道其中奥妙,怕是有嘴也说不清啊!严立思前想后,最后找了张与原先差不多的纸,按样把这十五万元重新包了起来。

傍晚时分,萧县长回来了,刚进办公室,严立就把这个纸包送过去,说:"萧县长,阳光公司的钱总来过了,钱总说他最近到香港跑了一趟,给您带了几本书来,让我转交给您。"说完,他把纸包放在萧县长的办公桌上,退出来的时候,有意将门关上了。

以往在严立心目中,萧县长是个廉洁的干部,谁给他行贿,绝不会有好果子吃。所以严立断定,此刻只要萧县长把纸包打开,一场反腐好戏就会开场。可谁知五分钟过去了,十分钟过去了,半个小时过去了,萧县长办公室里却始终是静悄悄的,一点动静也没有。严立简直不敢相信,面对十五万元巨款,萧县长怎么可能会没有一点反应呢?

恰好第二天上午县里召开反腐会议,看着萧县长在会上做报告时那慷慨激昂的样子,严立断定:肯定是昨天萧县长因为工作忙,还没有打开那个纸包。

这一来,严立倒是替萧县长着急了,他觉得自己有必要提醒一下萧县长,让他赶快拆纸包。十五万元已经在他办公室里放了一个晚上,说什么也是一个危险的炸药包啊!

会议结束后,严立跟着萧县长回到办公室,故意装出一副欲言又止的样子。萧县长一眼就看出来了,立刻问严立有什么事。

严立说:"萧县长,那天钱总给您送的是什么书? 他说是从香港带来的,能不能让我也看看?"说完这番话,严立就像是翻过了一座大山似的,紧张得浑身大汗淋漓。

可是让严立怎么也没想到的是,萧县长竟然抬起头,笑着回答他说:"也不是什么特别的书,只是几本传记,钱总是少见多怪啊! 这段时间我很忙,你想看就先拿去看吧!"说着,萧县长从办公桌的抽屉里将那个已经拆开的纸包拿了出来,递给严立。

严立顿时如入云山雾海,他接过一看,果真是几本传记。这是怎么回事呢? 严立看看萧县长,萧县长这时已经坐下来开始批阅文件了。严立只好把书收起,说了句"那我就先拿去翻翻",然后逃命似的跑出萧县长的办公室。

这天晚上.严立失眠了,他怎么也没想到,自己心目中一身正气的萧县长,竟然会是这样一位"武林高手"? 悄没声息地把十五万元装进腰包,居然还能在反腐会议上唱高调? 而且还真将钱换成书防着自己!

严立越想越可怕,捧着萧县长那几本书,就像身上压着一座沉重的大山。接下来的日子里,严立这个秘书就当得有点魂不守舍了,他经常会呆呆地坐在那里出神,眼前飞来飞去的,就是掉在地上的那个纸包。

萧县长很快就察觉到了严立的变化。一天,他问严立:"小严,我看你这几天情绪有点不对头,是不是有什么心事?"

严立掩饰地摇摇头:"没有,没有。"

萧县长说:"有什么心事,就不要搁在心里,男子汉大丈夫,该怎么说就怎么说,该怎么做就怎么做。"

萧县长这话,就像往严立心口上戳了一刀。严立心说:"如果真按你说的做,你还能在这里当县长吗?"他心里愤愤地想着,可哪有这个胆量说出来呀? 只好喃喃道:"谢谢萧县长,我真的没事。"

萧县长看着他,点点头说:"没事就好。"他拍拍严立的肩膀,"有一点我要提醒你,钱总的那几本书,只能是作参考的,你不要人云亦云,凡事要有自己主见啊!"

严立表面上不住地点头,可心里真是感慨无限,他怎么也没想到萧县长居然还这么会演戏。从萧县长办公室出来,严立越想越心烦,他真希望一切都快点过去,自己只要安安分分做好秘书工作就行了。

可是世界上的事情往往就是这样,你越想过去,事情偏偏就越不让你过去。

不久,县纪检委书记把严立叫去了,说上级纪检委来本县查案,有件重要的事情需要严立配合,希望严立有一说一,有二说二,实事求是。

严立的神经一下子绷紧了,心里暗暗猜测:会不会就是那个十五万元纸包的事?

果然,上级纪检委就是来调查这事情的。他们对严立说:"有人举报说,阳光公司的钱总最近给萧县长送了一笔巨款。作为萧县长的秘书,你是否知道这件事?"

严立坚决地摇头："不知道。"严立心里早想好了：只要萧县长自己不说，他这个当秘书的就不会说。

纪检委的人又问："那钱总最近有没有给萧县长送过一包书呢？是用牛皮纸包的。"

严立点点头。秘书这个职业告诉严立，这种表面上的事，又涉及到第三人的，自己没有必要隐瞒。

对方紧追不放："你能确定让你转交的确实是书吗？我们接到举报，说那纸包里其实是十多万元巨款。"

这一下严立头上开始冒汗了，他想了想，说："据我所知，那个纸包里确实是书，因为后来我向萧县长借过，他说那就是钱总送给他的。"

从纪检委办公室回来，严立心里乱极了，想想自己平时对腐败分子深恶痛绝，怎么到关键时刻反而去为他们打掩护了呢？可他马上又原谅了自己：这个事情，没人知道我了解真相，我不说，谁会追查到我头上？萧县长这么会演戏，很有可能这事儿就被他蒙过去了，我要说出来，可就把萧县长得罪大了，以后别说在县委机关，就是在这个县里，恐怕也要没戏唱了……

严立就这么一路思忖着，走回了办公室。

谁知他还没坐下，萧县长就直截了当地问他："你真不知道钱总送我的那包东西是什么？"

"我……"严立脑子里"轰"的一下：萧县长怎么这么问我？他怎么会知道我看过纸包里的东西？而且严立好生纳闷：难道萧县长已经知道刚才纪检委找我谈话了？谁这么快就给他通消息了？

严立不禁吓出一身冷汗，暗暗庆幸自己刚才多了一个心眼，没把事情真相抖给纪检委。严立对萧县长说："萧县长，不瞒您说，我知道钱总送给您的不是书，是钱，可我不是故意拆开纸包看的，实在是因为那天纸包没放好，掉在地上摔破了，我才看到的。

不过,萧县长,您放心,我以人格担保,这个事情我对谁都没说。"

萧县长看着严立,沉吟了半晌,他让严立在沙发上坐下,破天荒地给他泡了一杯茶。严立不禁浑身轻松了许多:看来萧县长是领了自己这个情啊!

可谁知萧县长却拍拍严立的肩膀,在他身边坐下来后,第一句话竟是:"小严,你啊你……你真是太让我失望啦!"

严立浑身一震,端在手中的茶杯差点掉到地上。

萧县长告诉严立,钱总以送书的名义送来的那十五万元,他拿到的当天就送到纪检委去了。其实,这已经是钱总第三次给他送钱了,第一次和第二次分别是二万和五万元,萧县长都当场退还给了他,这次他居然送出这么大的数字,萧县长觉得必须通过组织来解决问题了,所以就直接交到了纪检委。但在处理这件事情的过程中,种种迹象表明严立似乎知道个中奥秘,考虑到最近县里要选拔一批年轻干部到领导岗位上去,严立也在被推荐之列,所以萧县长就因势对严立进行了一次特殊的考查,很想看看严立在大是大非面前究竟是个什么态度。

萧县长心情沉重地对严立说:"小严啊,这段时间我其实一直在等待你拿出说真话的勇气。那天我问你有什么事时,甚至已经非常明显地暗示你了,直到今天趁着上级纪检委来县里查案,征得他们的同意后,我还想请他们给你最后一次机会,可是你……你让我们大家都失望了啊!大概你认为刚才那番话是在向我表示忠诚吧?可这种无原则的忠诚,只会更加害人害己!"

事情真相大白,严立就像突然遇到大地震似的,呆愣着,一句话也说不出来……

(宋　河)

(题图:箭　中)

警察老王

　　小江是一个业务能力很出色的警察,因为表现优异,市局将他上调,充实到一线队伍中。小伙子这下终于感觉英雄有了用武之地,他踌躇满志,准备要好好在工作中一展身手。

　　可才几天,小江就有点泄气了。

　　在小江眼里,支队长老王简直是个大大的老好人,他没什么脾气,整天和下面的人嬉皮笑脸,对谁都和颜悦色,没事就一个人点根烟在街上闲逛,一点做警察和领导的威严也没有。小江心想:难怪这么大年纪才只混到个支队长的位子,看他这样儿,怎么镇得住人?

　　俗话说:"兵熊熊一个,将熊熊一窝!"小江在老王手里干了个把月,居然就把自己的激情消耗得没了一点影,整天无精打采的,对工作也是敷衍了事,甚至还想着要打报告申请调离。

就在这时候,城里接连发生了几起抢劫单身妇女的案子,领导当即组织人手,决定晚上加强巡逻。让小江郁闷的是,他正好和老王分在一个巡逻小组。

夜半时分,小江和老王转了几条街,路走了不少,但什么动静也没有发现。眼看着都快凌晨两点了,街上没有一个人影,小江对老王说:"王队,我们回去吧?"

老王"哦"了一声,说:"别急,我们是最后一班巡逻,多走几步吧!"

小江心里老大不情愿,但总是老王说了算啊,谁叫老王是他的头呢,他只好跟着走。

也真是巧了! 他们两个人刚转过一条小巷,就看见一个身高体壮的年轻人在抢一个女孩的包。老王石破天惊一声大吼:"住手!"

那年轻人猛一惊,一看是俩警察,放开女孩撒腿就往巷子尽头逃。

小江和老王立刻追了上去,但那年轻人跑得飞快,他们之间始终有一段距离。

巷子尽头就是大街,如果让那年轻人逃到大街上,追起来就困难了。眼看最佳的抓捕机会就要失去,小江迅速而果断地掏出枪来,准备向天鸣枪示警。

可是老王似乎反应更快,就在这时候,他已经先小江一步朝天开了一枪,可那年轻人听到枪声后,仍然不顾一切地拼命向巷子尽头逃。

见示警没用,小江朝老王喊了一声:"王队,让开!"随后举枪瞄准了那个年轻人。

老王被小江一喊,立刻条件反射似的往旁边一闪,继而回过头来,一看小江在瞄准,马上吼道:"不要开枪!"他飞步朝那年轻人跑去。

小江疑惑地停住了扣动扳机的手,心里不由嘀咕了一声:怎么,你信不过我的枪法?我以前在下面警队里可是个神枪手啊!小江心里很不服气,但老王的命令他必须服从,于是只好跟在老王后面追。

追出小巷,转到大街上,老王始终咬住那个年轻人不放。大约又追了十分钟,他终于把年轻人给追上了,冲上去一个抱摔,和年轻人一起倒在地上。年轻人极力挣扎,但老王把他抱得死死的,一直到小江赶到,他们将那年轻人铐了起来。

这时,老王都几近虚脱了,满身大汗淋漓,脸色发白,瘫坐在地上。不一会儿,闻讯而来的警车将年轻人带回了警局,稍一审讯,年轻人就把这些天作的几起抢劫案全招了。

小江和老王因此而受到嘉奖。小江心里觉得很不好意思,抓到案犯的功劳首先应该是老王啊,可人家一点都没有争功的意思,反而在领导面前大大地夸了他一番。

这天,小江买了不少酒菜去老王家拜访,他知道单身的老王平时没啥别的嗜好,就好喝几口。

看见小江来了,老王很热情地拉他进屋坐。

小江是第一次来老王家,令他大吃一惊的是,他在老王书房的柜子里,看到老王从警多年来获得的各种各样的荣誉证书和奖状,其中有一张是省级警察比武大赛手枪射击第一名。

两人坐下来对酌的时候,小江心服口服地对老王说:"王队,你是'真人不露相'啊!"

老王朝他摆摆手:"都是虚名而已!"

老王越是谦虚,小江越发对他尊敬。

这时候,小江突然想起了什么,抬头问老王:"王队,不过我有个问题不明白,你有一手好枪法,为什么当时不一枪撂倒那个坏蛋,反而还多追了一段路?"

老王一听小江这么问,脸上的表情顿时严肃起来,沉吟片刻后,他给小江讲了一段故事。

那是多年前的一个晚上,警局接到报案,称有伙人在抢劫街上一家店铺,老王和同事奉命出警,由于行动迅速,当场就抓住了大部分歹徒,只剩下一条漏网之鱼亡命逃窜,老王和同事立即分头追了上去。当时也是鸣枪示警无效,老王于是就朝疑犯开枪,子弹击中疑犯腿部,疑犯倒在了地上。疑犯是个很年轻的小伙子,后来被依法判刑,服刑期间,老王不时去看他,帮助他积极接受改造,小伙子在狱中表现很好,后来提前获释出狱。不过他的一条腿因为当时老王的那一枪,变得有点瘸,出狱后,小伙子满怀信心开始新的生活,但是因为瘸腿而处处遭人冷眼,工作也找不到,更没有姑娘愿意嫁给他。小伙子最终万念俱灰,在一个风雨交加的夜晚跳楼自杀了……

故事讲完,老王咽下一口酒,对小江说:"我那天之所以没有开枪,拼命用两条腿追,是因为想让他将来出狱后尽量有一条路可以走啊!"

小江不由对老王肃然起敬,他心里无限感慨:老王有很多地方值得自己好好学习啊!

（彭龙霞）

（题图:魏忠善）

用生命证实

　　李国保年前到城里一家建筑队打工，干得累死累活。到了年底，他和大伙儿一样，满以为可以带一笔钱回家过年了，谁知道包工头却突然卷款潜逃，大伙儿顿时傻了眼。

　　这时有人告诉他们，民工出了劳资纠纷，可以去找劳动局的张局长。李国保上过高中，大家觉得他有文化，就一致推举他做代表。李国保自己也要钱心切，于是就当仁不让。可问题是张局长不好找，李国保扑空了好几次，最后才在局机关的大门口拦住了他。

　　张局长胖胖的，他听完李国保的诉说，当场就表示："放心，这事我一定会给大家一个交代的！"张局长一边说，一边鼻腔里"呼哧呼哧"的。李国保于是就满心欢喜地回到建筑队，把张局长的话给大家说了一遍。大家听了非常兴奋，都说老天有眼，总算是找到了一个能为民办事的好官。

可谁想,直到快过年了,张局长也没有给大家什么答复。失望之余,大家只好推举李国保再去劳动局。

李国保用老办法,再一次在局机关大门口把张局长拦住了,把大家的要求一五一十地又诉说了一遍。张局长早就忘了这个曾经见过一面的李国保,态度也不如上次那么爽快,他看着李国保,支支吾吾地说:"我最近太忙,实在抽不出空来,等过了这阵子再说好吗?"

李国保见张局长这个样子,心里顿时就凉了,这不分明是在敷衍大家吗?他都不知道自己是怎么回到队里的,心里很不好受,对大家说:"都怪我,没把事情办好,我辜负了大家的重托。"

他的工友阿禾苦笑着安慰他说:"这事哪能怪你?要怪就怪我们民工命太苦。唉,可怜我那生病的老娘,还在等我的钱去救命啊……"话没说完,阿禾就忍不住"呜呜呜"地哭了起来。

当天夜里,李国保躺在床上翻来覆去睡不着,工友们一张张愁苦的脸庞老在他眼前晃动。他心里愤愤地想:都怪张局长,是他给了大家一个美好的希望,却又不负责任地砸破了它。什么好官,说不定他跟包工头根本就是一伙的!

想到这里,李国保再也睡不着了,爬起来给张局长写了一封信,勒令他说:明天晚上十一点整,你必须拿二十万元钱在中心公园城雕前等我。如果报警,就绑架你儿子。

李国保说二十万,是因为大家的工资加在一起就是这个数。当然,说到底他写这信,只不过是想吓吓张局长,出口恶气。第二天一早,他按打听来的地址,来到张局长家,慌慌忙忙把信从门缝里塞进去,然后就逃也似的跑了。

李国保正想等着要张局长好看呢,谁知当天下午,警察就到建筑队找他来了。所以这一年的春节,李国保是在拘留所里度过的。他无时无刻不在"惦念"着张局长,每惦念一次,就恨得直咬牙。

后来,李国保从拘留所出来,没想竟意外收到被包工头卷走的那笔钱。他的工友阿禾告诉他说,这是张局长专门去帮大家要回来的。可李国保对张局长没有丝毫感激之情,他认为张局长是为了不把事情闹大才不得已这样做的。

这时候,李国保的那个建筑队早散伙了,李国保找不到活干,结果还是阿禾把他叫了去。阿禾在一个风景区里给游客拉黄包车,他介绍李国保去面试,很快就通过了。景区里每天都有很多游客,拉一趟车十元,一天拉个十几趟不在话下,所以李国保很知足。

这天中午,李国保拉完一趟车刚停下歇歇,和阿禾聊着话,远远地看到对面来了几个人,他一看中间的那个,顿时就两眼冒火。原来那人正是张局长,只是好久没见,他更胖了,动一动鼻子里更加"呼哧呼哧",每走一步都要大口喘气。

李国保灵机一动,故意装着不认识,迎上去问:"先生,坐车吗?"

张局长正走累了呢,点点头,一屁股就坐上了他的车。

谁知张局长刚坐上去,李国保那辆黄包车就像受了重压似的,"吱呀吱呀"直响,旁边的人见了乐得哈哈直笑。李国保知道他们在笑什么,自己跟张局长相比,悬殊实在太大,他人长得精瘦,拉着张局长就像小猴拉河马。

阿禾看不过去了,走上来对张局长说:"你坐我的车吧,我力气大,保管让你坐着舒服。"

可张局长还没来得及答话,李国保就拦住阿禾说:"你别管,还是我来,我没问题。"说着,他一弯腰,一躬背,拉起黄包车就走。

和张局长同来的那几个人见了,赶紧一人跳上一辆黄包车,跟了上来。

一路上,李国保似乎拉得挺轻松,有时候甚至还小跑起来。张局长不时地回头,发现他的同行者被远远抛在了后面,开心得"嘿嘿嘿"笑出声来。

走完一段下坡路,紧接着就要上坡了,这个坡挺大,李国保借着刚才下坡的冲劲冲上半坡,接着就拼命闷头往上拉。

张局长坐在车上,举目远望,山明水秀的风景让他觉得很养眼。突然,他转过头来问李国保:"我好像在哪儿见过你? 觉得脸挺熟的。"

李国保喘着粗气和他"打哈哈",说:"一定是你以前来过这里,那就有可能见过我啊!"

张局长直摇头:"不可能,我从来没有来过这里。"

说着话的当儿,李国保拉着张局长来到了一个岔路口。李国保把车停了下车,问张局长:"先生,请问你想走哪一条路?"

张局长一看,前面两条路,一条是大道,一条是小道。他问李国保:"这两条路有什么讲究吗?"

李国保说:"大道是属于景区规定的路,小道是我们拉车人自己走出来的路;小道山路比大道险峻,但风光无限。不过,走小道是我们拉车的私下节目,要走,得另外加五元钱,算是给我们挣点儿外快吧!"

张局长一听,伸长脖子往小道上看了看,说:"既然是风光无限,就体验一下吧! 走小道。"

这条小道最险峻的地方叫"龙尾口",处于悬崖之上,是个锐角形的转弯,路特别窄,最宽处只有黄包车的两个轮子那么宽,最窄处一边轮子甚至是悬空的。李国保一听张局长说走小道,"嘿嘿"一笑,拉起车就走,转眼间,就来到了龙尾口。

这时候,只见李国保紧捏车把手直往前冲,就像要冲下悬崖一样。张局长虽说对小道险峻有思想准备,可看到李国保这个样子,吓了一大跳:这不是明摆着要自杀吗? 就在他差点儿要惊叫出口的当儿,李国保却在黄包车将要掉下悬崖的一刹那猛地一个急转弯,坐在车上的张局长屁股一颠,差点颠出车外,他死命抓住车把手,一看右边,是空的。

为什么会有这样的感觉呢？张局长惊魂未定，想了好一会，才明白车子这时候其实已经过了转弯处，右边是悬崖呢！

张局长擦了擦不知何时冒出来的一头冷汗，心刚刚跳回原处，突然，他又感觉车底下轮子转动的声音不对头，怎么只有一边有声音？他小心翼翼地探头一看，妈呀，一边的轮子竟然是悬空的，只靠李国保用手劲加技巧硬撑着。

张局长的心一下就吊上了半空，他胆战心惊地往前看，如此险峻的路还有十来米，然后路面才宽阔起来。他不由暗暗道：快点，快点过完这一段，别再出什么花样才好。

可就在这时，李国保突然将车停下了。

张局长赶紧问他："你怎么不走了？"

李国保说："我要擦擦汗。"这倒也是，李国保脸上的汗早就挂下来了。

可是，张局长却分外紧张："你不能把车拉过这段路之后再擦汗吗？"因为现在这辆黄包车全靠李国保两只手撑着，李国保若是此刻腾出一只手来擦汗，那么这辆车和车上的张局长就全靠李国保剩下的另一只手撑了，他能行？

李国保此时却像猜透了张局长心思似的，他朝张局长"嘻嘻"一笑，然后就真的松开一只手去拿缠在腰上的汗巾，张局长猛地感觉车子向悬崖外翻去，顿时魂飞魄散地惊叫起来。眼见着黄包车就要翻下悬崖去，可是刹那间又在半空中停住了，随后缓缓地回到了原地。李国保在危急时刻把稳了车子！

他回头朝张局长笑了笑，说："你刚才说得没错，我们见过面。"

张局长眨眨眼睛："真的吗？在哪见的？"

李国保盯着他的脸："你真记不起了？"

张局长摇摇头："真记不起来了。"张局长说这话的时候，下意识地回头看了看，后面没有一个人，李国保刚才故意跑得飞快,早把后面的车远远地甩开了。

此刻,李国保心里矛盾极了:我要不要就此结果张局长的性命呢? 我只要松手,目的就达到了,即使以后追究起来,我也只是失手而已……他拿不定主意,脸上的肌肉一阵阵地抖动。

坐在车上的张局长也不由自主地抖起身子来,他哆嗦着问李国保:"你为什么不走了?"

李国保死死盯着他:"你真想不起来我是谁了?"

张局长还是摇头:"我真想不起来了。"

也是,人家一个大局长,怎么可能记着一个小民工呢? 李国保苦笑着。

刚才见到张局长时,李国保就想到了要把他骗到这里来将他丢下悬崖,可是现在看到对方如此惊慌失措,李国保却突然没有了先前那种想报复的快感。也许张局长掉下悬崖后,别人真会以为是他李国保失手,可是自己良心安得下来吗? 说不定自己后半辈子一直都会在"自己是杀人犯"的阴影中度过。算了,好有好报,恶有恶报,不是不报,时候未到,这样的家伙,以后总有治他的时候。

想到这里,李国保一咬牙,很快就把车子拉出了龙尾口。这时,他心里突然涌起一股从来没有过的轻松感,就好像卸下了千斤重担一样。

这时候,张局长大口大口地喘着粗气,不停地擦着头上的冷汗,嘴里却对李国保说:"刚才真是太刺激了,师傅好技术,我这五块钱没白花。"

李国保一愣:"这么说,难道你……还要再试一次?"

张局长忙摇头:"这么危险的游戏还是别玩的好,一不留神,不但害别人,还连累自己。"

李国保听了没吱声,他把张局长拉到目的地后,张局长下车付了钱就走了。

李国保坐着休息了一会儿,然后去上个厕所。他刚把蹲位门关上,外面又有几个人进来,那熟悉的"呼哧呼哧"声告诉他,张局长也在其中。

有声音问:"张局长,你既然身体不好,不呆在医院,来这里做什么?"

张局长回答:"你们不知道,半年前,有个民工找我解决包工头拖欠工资的问题,当时我因为犯病,天天要去医院输液,一时抽不出时间去办这件事,后来就有人写匿名信诈我,直到案子破了之后,我才知道写匿名信的人其实就是那个先前来找过我的民工,他以为我是在敷衍他,一气之下就干了傻事,结果在拘留所里呆了好几个月。唉,这件事在我心里一直压到现在,我总觉得他犯错和我有关。我前阵子退休后一直在打听他的消息,听说他现在到这里来做事了,就想过来看看他。"

旁边人饶有兴致地追问道:"那你见了他没有?"

"见了。"张局长笑呵呵地说,"不瞒你们说,他是我这一生中最愧对的人,我担心他从拘留所出来之后过不了人生这道'坎'。不过现在我放心了,今天我无意中用生命做了一次赌博,事实证明,这道坎我们都跨过了。"

李国保一听愣住了。

这时候,李国保别在腰里的手机响了起来,是阿禾打来的。

阿禾在电话那头对李国保说:"你觉不觉得刚才你拉的那个胖子有点眼熟?我想起来了,他就是当年的张局长,到我们队里来过一回,照过面。唉,好人啊!喂……喂,你怎么不说话?"

李国保拿着手机的手无力地垂了下来,不知是庆幸自己刚才没有走报复那一步,还是后悔自己的冲动,他捂着脸"呜呜呜"地像孩子一样哭了起来……

(吴宏庆)

(题图:魏忠善)